DAS GESCHENK VON BLACK ISLE

HIGHLAND HEILERINNEN 5

KEIRA MONTCLAIR

KAPITEL EINS

Anfang Dezember 1294, Black Isle Schottland

TORCALL MASSIE SUCHTE das Gelände um die kleine Gruppe ab, die er an die Küste des Beauly Firth von Black Isle begleitete. Er nahm seine Aufgabe, Tara Matheson und ihre Schwester Riley Cameron zu beschützen, sehr ernst. Sie waren von der Feenschlucht gekommen, das eines ihrer liebsten Ziele für ihre täglichen Ausritte war. Bei ihrer Ankunft auf Eddirdale Castle, dem Sitz des Matheson Clans, würde es beinahe dunkel sein, und die kühle Abendluft war eine Warnung, sich auf ihrem Rückweg zu beeilen.

Riley besaß eine ungewöhnliche Fähigkeit, mit den Toten zu kommunizieren und in der Vergangenheit hatte sie die Anwesenheit von Geistern in der Feenschlucht gespürt.

Wie so oft unterhielten die Schwestern sich. Torcall ignorierte sie, denn er wollte sie bei ihrer privaten Unterhaltung nicht stören. Gleichwohl es in der Gesellschaft nicht nur von Torcall, sondern darüber hinaus noch zwei weiteren

Wachen, Timm und dem Neuling Hairalt, kaum eine private Unterhaltung war.

Rileys Pferd, das normalerweise ein unerschütterliches Tier war, wurde langsamer und erhob sich auf die Hinterbeine.

»Immer mit der Ruhe!« Torcall streckte die Hand nach den Zügeln ihres Pferdes aus, ehe es Riley abwerfen konnte. »Riley?«

Er schaute sie besorgt an. Ihre Augen starrten über ihn hinweg, als sei er gar nicht vorhanden und ein glasiger Blick ließ sie aussehen, als wäre sie von irgendetwas besessen.

Oder jemandem.

»Sie ist im Zauberbann«, erklärte Tara. »Sprich langsam und bewege dich ruhig, aber fang sie auf, wenn du musst, Torcall.«

»Riley?«, rief er sie, als er ihr Pferd zum Stehen brachte. Sie rührte sich nicht. »Timm, du und Hairalt bleibt hinter ihr, für den Fall, dass sie stürzt.«

Der Zauberbann dauerte nur wenige Augenblicke. Der verschleierte Blick verschwand aus ihren Augen und sie zwinkerte, ehe sie direkt zu Torcall blickte.

»Riley, bist du wieder bei uns? Kannst du die Zügel nehmen?«

Sie kam seinem Vorschlag nach, doch sie behielt den Blick auf ihn gerichtet. »Es geht um dich, Torcall.«

Er wäre beinahe vom Pferd gefallen. »Was meinst du?«

Tara streichelte den Arm ihrer Schwester. »Ich werde später mit ihr reden. Direkt nach einem

Zauberbann ist sie oft verwirrt. Es könnte letztendlich vielleicht gar nichts zu bedeuten haben.« Taras Worte beruhigten ihn nicht. Ihm gefiel der Klang dessen nicht, was immer Riley gemeint hatte.

War die Reaktion des Pferdes ihm geschuldet? Oder war sie gar wegen ihm im Zauberbann gewesen? Diese Fragen würden an ihm nagen, bis er mehr herausfinden würde.

Aber Torcall hatte eine Aufgabe zu erfüllen – er musste Tara und Riley sicher nach Eddirdale Castle bringen. Also nickte er und ritt weiter, als sei nichts geschehen. Und während Riley wieder in die Gegenwart zurückfand, erlaubte er Tara, sich um sie zu kümmern. Es war nicht lang, ehe sie das Land der Mathesons erreichten und er rief laut, als sie sich der Burg näherten, um sicherzustellen, dass die Tore geöffnet würden. Timm sprang von seinem Pferd, um den Ladys behilflich zu sein und die Pferde zu halten, und Torcall rief jemanden aus den Ställen herbei, um zu helfen.

Tara winkte ihn zu sich. »Hilf mir, sie vom Pferd zu bekommen, bitte. Nach so einem Zauberbann ist sie oft vollkommen geschwächt.«

Torcall streckte die Arme aus, um der jungen Frau vom Pferd zu helfen, und seine Hände spannten sich um ihre Taille. Noch nie zuvor war er ihr so nahe gewesen und er nahm sich einen Augenblick, um sie zu bewundern. Riley und Tara waren in ihrem Aussehen sehr unterschiedlich. Riley war schlanker als ihre Schwester und ihr langes, gelocktes Haar war dunkler. Sie flocht es zu Zöpfen, doch immer wieder lösten sich einige Strähnen und fielen nach vorn, um ihr Gesicht zu umrahmen. Sie war ein entzückendes Mädchen, aber soweit er wusste, hatte noch niemand versucht, ihr den Hof zu machen.

Er hatte mehrere Wachen belauscht, die sich über sie unterhalten hatten, insbesondere, weil sie so anmutig war, doch sie hatten sie rasch wieder abgetan, weil sie sich vor ihrer Verbindung mit den Toten fürchteten. Die Menschen im Land der Schotten waren an Seher gewöhnt, aber nicht an Menschen, die über den Schleier des Todes hinaus sehen konnten. Die meisten Menschen machten einen großen Bogen um sie und niemand wollte ihr so nahekommen, um ihr Verehrer zu sein.

Rileys mystische Fähigkeiten störten Torcall nicht – er hatte gesehen, dass ihre Visionen Gutes bringen konnten, aber sie hatten keine gemeinsame Zukunft egal, wie sehr er sie bewunderte. Riley war nur hier, um ihre Schwester zu besuchen, und sie würde bald wieder nach Hause zu den Camerons zurückkehren. Und das war ein ganzes Stück von Black Isle entfernt. Er könnte sie auf dem Rückweg eskortieren und sie würde ihre Schwester bestimmt ein- oder zweimal im Jahr besuchen, doch das würde das Äußerste an Zeit sein, die er wahrscheinlich mit Riley Cameron verbringen würde.

Als ihre Füße den Boden berührten, konnte er nicht anders als flüstern: »Was hast du gemeint, als du gesagt hast, es sei wegen mir?«

Riley schaute ihn mit einem merkwürdigen

Blick an. »Es ging gar nicht um dich. Ich habe nicht gedacht, dass du so aufgeblasen bist, Torcall. Habe ich gesagt, der Zauberbann sei wegen dir?«

Torcall lächelte. »Aye, das hast du. Gleich nachdem es passiert ist.«

»Nun, ich habe mich geirrt. Denk nicht mehr daran. Ich danke dir für deine Eskorte.«

Torcall nickte und Tara kam heran, um sich bei Riley unterzuhaken. Zusammen machten die beiden sich auf den Weg zum Hauptturm. Riley lehnte sich auf ihre Schwester und bewegte sich langsam. Torcall kratzte sich am Kopf und er fragte sich, ob er sich ihre Worte eingebildet hatte.

Marcas kam quer über den Hof auf ihn zu und fragte: »Geht es Riley gut? Es scheint, als wäre sie wieder im Zauberbann gewesen, nicht wahr?«

»Aye, Chief.« Torcall wandte Marcas Matheson, dem Laird des Matheson Clans seine volle Aufmerksamkeit zu. Er und seine beiden Brüder hatten sich der Aufgabe verschrieben, den Clan wieder aufzubauen, nachdem mehr als die Hälfte der Mitglieder durch eine vorsätzliche Vergiftung ums Leben gekommen waren, ehe die Ursache entlarvt werden konnte. Jeder auf Black Isle nannte den Vorfall den »Fluch«. Es war nun mehr als ein Jahr her, und alle Mathesons waren noch immer vom Schatten ihrer Verluste gezeichnet.

Torcalls Vater und seine Schwester waren dabei gestorben. Seine Mutter hatte überlebt, doch sie hatte sich nie richtig von ihrem Kummer erholt.

Marcas hatte mehr als die meisten verloren, wozu seine erste Frau zählte und seine beiden

Eltern. Diese Tragödie hatte ihn in seine Position als neuer Laird des Clans versetzt. Es war eine Herausforderung gewesen, den Clan zu retten und wieder aufzubauen, doch Marcas und seine Brüder hatten eine bewunderungswürdige Aufgabe erfüllt und alle hatten dazu noch eine Frau gefunden. Die Freude dieser Hochzeiten hatte mehr bewirkt als alles andere, um wieder Kraft und Leben in den Matheson Clan zu bringen.

Er hatte die drei Männer mit ihren neuen Frauen beobachtet und ihr Glück hatte ihre schwere Arbeit immer erhellt.

Brigid, Marcas´ Frau war schwanger und die Geburt wurde um die Weihnachtszeit erwartet, während Jennets Kind kurz danach kommen würde. Diese Paare zu beobachten hatte in ihm den Wunsch geweckt, selbst eine Gefährtin zu haben.

Vielleicht hatte der Fluch ihn um seine einzige Chance auf eine Heirat gebracht.

»Torcall? Hast du mich gehört, Mann?« Marcas Stimme riss ihn aus seinen Erinnerungen. »Worum ging es bei ihrer Vision?«

»Das hat sie nicht gesagt. Tara meinte, sie würde sie eine Weile in Ruhe lassen. Sie braucht etwas Zeit, um zu verstehen, was sie gesehen hat.«

»Sie ist nicht vom Pferd gestürzt, nicht wahr?«

»Nein, ich war neben ihr und habe die Zügel gepackt, als das Tier sich erschrocken hat. Ich konnte sie auffangen, ehe sie fiel.« In diesem Moment wurde Torcall bewusst, dass er gar nicht bemerkt hatte, wie er sie aufgefangen hatte. Doch das hatte er getan, als sei es die selbstverständlichste Sache der Welt. Fast als würde er gewusst haben, dicht bei ihr zu bleiben und auf der Hut zu sein. Alles war so schnell gegangen.

»Gute Arbeit, Torcall.«

Marcas beobachtete ihn für einen Augenblick mit einem spekulativen Ausdruck in den Augen. »Hast du je daran gedacht, Riley den Hof zu machen? Ihr beiden passt gut zusammen. Du bist der ausgeglichenste Mann, den ich kenne, und das scheint genau das zu sein, was sie braucht. Und es ist Zeit, dass du heiratest. Ich weiß, dass du vor dem Fluch darauf gehofft hattest, aber du musst die Gedanken an Violet loslassen, Junge.«

»Ich denke nicht länger an sie, Chief. Das habe ich anfangs getan, aber wie meine Mutter sagt, dient es keinem Zweck.« Ihm war nicht wohl dabei, seinen Laird anzulügen, aber es würde auch nichts einbringen, bei der Wahrheit zu bleiben. Aber Riley und er? »Riley wird bald zu den Camerons zurückkehren. Es lohnt sich scheinbar nicht, darüber nachzudenken.«

Marcas lächelte ihn an und beugte sich vor, um ihm ins Ohr zu flüstern. »Stimme sie um, wie auch der Rest von uns es mit unseren Liebsten getan hat.« Dann wackelte er mit den Augenbrauen und fuhr fort. »Denke darüber nach«, rief er über die Schulter zurück.

Torcall ging zu den Toren und war bereit, seine Schicht am Fallgitter zu beginnen. Alvery, Timms Vater und einer der Anführer der Matheson Wachen, fing ihn am Fuß der Treppe zu den

Wehrgängen ab. »Für einen Mann, der, wie Timm sagt, eine schöne Frau gerade vor einem ernsten Sturz von ihrem Pferd bewahrt hat, siehst du bedrückt aus. Und was ist das für ein Gerede, dass sie dir die Schuld dafür gibt?«

Zusammen stiegen sie die Stufen hinauf und begaben sich zu den Positionen, die ihnen am besten erlauben würden, die Umgebung um die Burg im Auge zu behalten.

»Sie sagte etwas darüber, dass es mein Fehler wäre, als sie ihren Zauberbann gerade überwunden hatte, aber als wir die Burg erreichten, leugnete sie, etwas derartiges gesagt zu haben. Sie sagte, es hätte nichts mit mir zu tun.«

»Hat Marcas irgendwelche Ideen?«

»Nein«, entgegnete Torcall und schüttelte den Kopf ein bisschen zu heftig. Seine Reaktion war mehr auf Marcas´ Vorschlag zurückzuführen, Riley den Hof zu machen, als auf Alverys Frage.

»Er hat sich eine Weile mit dir unterhalten. Es ist für Marcas ungewöhnlich, sein Tempo aus irgendeinem Grund zu drosseln, wenn er auf dem Weg ist, um nach Brigid zu sehen. Was wollte er?«

»Er wollte sich nur versichern, dass Riley wohlauf war. Nichts weiter.« Alvery schaute ihn mit einem Blick an, der besagte, dass er Torcalls Antwort anzweifelte, aber Torcall biss nicht an den Köder an. »Ich werde die erste Runde auf dem Wall übernehmen.«

Alvery nickte und dankbar begann Torcall seinen Rundgang auf dem Wall. Er brauchte wirklich nicht noch jemanden, der ihn über Riley Cameron ausfragte. Wenn jemand das täte, würde er seine wahren Gefühle für das Mädchen bestimmt verraten.

Er könnte sich leicht in sie verlieben, aber er wusste, dass die Situation hoffnungslos war. Keine der jungen Frauen auf Black Isle würde je irgendwelches Interesse an ihm zeigen. Alles wussten von seiner starken Zuneigung zu Violet MacMahon vor dem Fluch. Der Fluch hatte ihr Leben genommen – und sein Herz gebrochen. Aber niemand kannte die ganze Wahrheit in dieser Angelegenheit, den Teil, den er nie jemandem anvertraute.

Er hatte Violet umgebracht.

Unseligerweise war Gott sich dessen bewusst.

KAPITEL ZWEI

R ILEY CAMERON VERDREHTE die
Augen, als sie ihre Schwester anschaute,
während diese ihr den Umhang und den Schal
abnahm, sobald sie in den Hauptturm eingetreten
waren. »Wie furchtbar habe ich mich vor Torcall,
Timm und Hairalt in Verlegenheit gebracht?« Sie
würde ihrer Schwester gegenüber nicht zugeben,
dass Torcall der Einzige war, um den sie sich
Sorgen machte. Die anderen beiden hatte sie nur
genannt, damit Tara keine Rückschlüsse auf ihre
Gefühle ziehen würde.

Sie wollte vor Torcall, dem stattlichsten Krieger
von Eddirdale Castle – oder in Wahrheit von ganz
Black Isle – nicht wie ein Dummkopf dastehen.

Riley war dankbar, einen Grund zu haben,
der ihr erlaubte, sich in ihre Schlafkammer
zurückzuziehen. Tara folgte ihr die Treppe
hinauf. Sobald sie sich in der Privatsphäre ihres
Schlafzimmers befanden, fiel Riley auf das Bett
und ließ ihren Tränen freien Lauf. Sie war zu
erschöpft, um sie aufzuhalten, und ihr Kopf
pochte von den Schmerzen, die sich häufig nach
ihren Visionen einstellten.

»Riley, was ist passiert? Normalerweise weinst du nach einem Zauberbann nicht.« Tara setzte sich neben sie und nahm ihre Hände zwischen ihre beiden. »Du bist ganz kalt. Setz dich hinüber an den Kamin und ich werde das Feuer schüren.«

Riley war zu müde, um zu widersprechen. Sie zog die Stiefel aus und dann tappte sie bibbernd zum Kamin, während ihre Schwester mehr Holz aufs Feuer legte, und die Glut von einem sanften Glimmen zu einer wärmenden Flamme schürte. Die aufstiebenden Funken fesselten Rileys Blick.

»Du hast immer noch nicht gesagt, warum du weinst, Schwester.« Tara warf ihr diesen gewissen Blick der älteren Schwester zu, bei dem ihre Augenbrauen sich beinahe in der Mitte trafen und zu einem Strich wurden.

»Ich bin nur müde.« Sie war noch nicht ganz bereit, alles preiszugeben, was in ihren Gedanken vor sich ging.

»Würdest du lieber schlafen?«

»Das ist nicht die Art von Müdigkeit, die ich empfinde.« Sie hasste es, sich zu beschweren, aber dieses Mal konnte sie nicht anders. Immer wieder hatte ihre Mutter ihr gesagt, dass ihre Gabe etwas Besonderes sei, und dass die Engel sie wertschätzten, wenn sie sie mit der Fähigkeit belohnten, mit den Toten zu sprechen, aber manchmal fiel es ihr schwer, dies als einen Segen zu erachten. Manchmal war es mehr eine Last – wie eine Strafe für etwas, was sie falsch gemacht hatte. Natürlich wäre Tara vielleicht nicht glücklich mit Shaw verheiratet, wenn ihre Gabe nicht wäre. Ihre Fähigkeit zu sehen und mit einem toten Pferd zu sprechen, das Hilfe brauchte, hatte Shaw auf die Wahrheit der Verbrechen gestoßen, die sich vor vielen Jahren ereignet hatten.

Viele Male hatte sie ihm gesagt, er solle aufhören, ihr zu danken und er solle seinen Dank stattdessen an das Universum oder die Engel oder Gott richten. Nicht an sie. Sie war nur dort, um die Botschaft weiterzuleiten.

Aber Shaw sah das nicht so und auch ihre Mutter nicht.

»Was für eine Art von Müdigkeit hat dich befallen?«, fragte Tara.

»Ich bin meiner besonderen Fähigkeiten müde. Oder der Unterbrechungen meines Alltags von Dingen, die ich interpretieren muss, und dennoch manchmal keine Ahnung von ihrem Zweck oder ihrer Bedeutung habe. Ich bin müde, von den Leuten angestarrt zu werden, die Mitleid mit mir haben oder mich anschauen, als sei ich die sonderbarste Person im Dorf. Am liebsten möchte ich mich vor allen verstecken. Warum bin ich hierfür auserwählt worden?« Sie drückte die Stirn gegen ihre Hand und versuchte, ihren schmerzenden Kopf zu beschwichtigen.

Tara wandte sich vom Feuer ab und setzte sich neben ihre Schwester, deren Hand sie ergriff. »Was hat dich darauf gebracht? Normalerweise bist du nicht so entmutigt.«

Riley wischte sich die Augen und schnäuzte sich die Nase in ein Leinentuch. »Ich bin nicht sicher«, murmelte sie.

»Aye, du weißt, warum. Sag es mir. Ich kann

dir nicht helfen, wenn du nicht ehrlich zu mir bist.«

»Ach Tara, du hast mich immer schon durchschauen können. Ich habe dir und vielen unserer Cousinen zugesehen, wie ihr geheiratet habt, und ich sehe, wie glücklich ihr alle mit eurer neuen Liebe seid. Brigid ist so verliebt, dass sie niemanden mehr außer Marcas sieht, wenn er in der Nähe ist. Und dann ist da Jennet. Ich hätte nicht geglaubt, dass sie jemals jemanden finden würde, der zu ihr passt, aber Ethan ist einfach perfekt für sie. Die beiden sind so unterschiedlich und doch sind sie sich so ähnlich. Und ich habe Padraig noch nie glücklicher gesehen, wenn er und Gisela zu Besuch sind. Und dich ebenfalls.« Sie hielt inne, um die Hand ihrer Schwester zu drücken. »Noch nie habe ich dich so glücklich gesehen.«

Tara schaute sie von der Seite an. »Warum bringt dich das aus dem Konzept?« Die Tränen kehrten mit Macht zurück. »Weil ich eifersüchtig bin. So eifersüchtig«, heulte sie. »Ich werde nie jemanden für mich finden, weil niemand in meiner Nähe sein will. Wer will schon jemanden heiraten, der mit den Toten sprechen kann? Niemand!« Sie griff nach einem weiteren Leinentuch. »Nie werde ich Kinder haben. Brigid und Jennet sind jeweils im Begriff, ihr erstes zu bekommen und ich wette, dass du schon schwanger bist, und es noch nicht weißt.«

»Und wenn das passiert, dann schau dich nur um, wie viele Nichten, Neffen und Cousinen du haben wirst, die du lieben kannst.«

»Das ist nicht lustig. Vergiss, dass ich etwas gesagt habe. Ich bin nur müde.« Sie kehrte zum Bett zurück, zog ihr Nachthemd an und kletterte hinein. »Ich werde ein wenig schlafen und dann fühle ich mich besser.«

Es gab keinen Grund, wach zu bleiben. Vielleicht würde sie sich nicht so hoffnungslos fühlen, dass der Mann, den sie über alles anbetete, ihre Gefühle jemals erwidern würde, wenn sie erst ein Nickerchen gemacht hatte. Doch bislang hatte Torcall kein Interesse an ihr gezeigt und warum sollte er nach dem heutigen Ereignis damit anfangen?

Sie wünschte, sie könnte selbst sehen, wie sie aussah, wenn sie in einen Zauberbann geriet und nach hinten kippte. Wie sie die Augen im Kopf verdrehte, so wie die Menschen oft berichteten, die ihre Schübe miterlebt hatten.

Nein, so etwas wollte sie niemals sehen. Wenn sie wüsste, wie sie wirklich aussah, würde sie sich wahrscheinlich für immer verstecken.

Sie schlief unruhig. In ihren Träumen sah sie nur Torcalls Gesicht, als er sie vor ihrem Sturz vom Pferd bewahrte. In der tiefen Dunkelheit der Nacht wachte sie auf und war überrascht, dass sie so lange geschlafen hatte. Tara lag in dem zweiten Bett, das in der Kammer aufgestellt war, was sie nicht erwartet hatte. Als Mädchen hatten sie sich jahrelang eine Kammer geteilt. Jetzt, da Tara verheiratet war, zog sie es allerdings vor, jeden Abend in Shaws Armen zu liegen.

»Du bist wach«, flüsterte Tara.

»Das bin ich. Es tut mir leid, dass du die

Notwendigkeit gespürt hast, bei mir zu bleiben, anstatt in den Armen deines Ehemannes zu schlafen. Ich weiß, dass du lieber dort wärst.« Die Betten standen so dicht beieinander, dass sie über den Abstand dazwischen hinweggreifen konnte, um die Hand ihrer Schwester zu ergreifen. »Aber ich bin froh, dass du hier bist. Ich vermisse dich mitten in der Nacht.«

»Ich vermisse dich auch.« Tara lächelte das strahlende Lächeln, das Rileys Alltag aufgeheitert hat, solange sie sich erinnern konnte. Tara war vier Jahre älter als Riley mit ihren zweiundzwanzig Sommern.

»Ich weiß, du sagst das nur, damit ich mich besser fühle. Und ich weiß, dass du lieber in Shaws Bett liegen würdest.«

»Das stimmt aus vielen Gründen«, sagte Tara, rollte sich auf den Rücken und richtete den Blick zu den Balken an der Decke hinauf. »In einer kalten Nacht ist er sehr warm. Ich brauche kein Feuer im Kamin, wenn er neben mir liegt. Und wie du weißt, genieße ich unser Zusammensein als Mann und Frau, aber ...«

»Es gibt ein Aber? Bitte sag es mir, damit ich mich besser fühle, dass du hier bist und nicht bei deinem Mann.«

»Manchmal fällt sein Arm auf meine Brust, und dann kann ich mich nicht mehr bewegen. Ich muss ihn kneifen, damit er seinen Arm bewegt, damit ich wieder atmen kann.«

»Wirklich? Schläft er so fest?« Sie versuchte, ernst zu wirken, aber es gelang ihr nicht. Stattdessen kicherte sie bei der Vorstellung, wie Shaw ihre

Schwester in ihrem Bett festhielt, sodass sie sich nicht bewegen konnte.

»Ach, aye. Und wenn er zu viel Ale trinkt, schläft er auf dem Rücken ein und schnarcht so laut, dass die ganze Burg wankt.« Tara ahmte Shaw nach, streckte ihre Arme aus und ließ ein lautes Schnarchen hören.

Riley kicherte, und Tara führte zwei weitere Arten seines Schnarchens vor. »Es kann sehr unterschiedlich sein.«

»Oh, Tara. Du bringst mich zum Lachen. Armer Shaw.«

»Armer Shaw? Ich Arme! Manchmal lässt er im Schlaf Gas ab. Ich wache dann in einem Nebel von Gestank auf und frage mich, was er gegessen hat. Als er es das erste Mal tat, sagte ich ihm, er solle aufhören, und er sprang auf, griff nach seinem Schwert und schrie: ›Wer ist da?‹ Er hatte keine Ahnung von seinen Taten. Und mir blieb ein schlechtes Gewissen, weil ich ihn geweckt hatte. Also ertrage ich es jetzt einfach. Aber eines Tages werde ich mir ein Tuch über das Gesicht ziehen, um die Dämpfe abzuhalten.«

»Schläft er nackt?«

»Ja, kein Hemd, keine Tunika, nur Shaws wildes Haar und ein Schwert in Griffweite. Er kann von Glück sagen, dass er sich nicht verletzt hat.«

Riley konnte sich das Lachen über das Bild nicht verkneifen. »Ach, Tara, ich werde dich so vermissen, wenn ich heimkehre.«

Tara rollte sich auf die Seite und schaute zu Riley hinüber. »Du musst nicht nach Hause zurück. Du kannst noch eine Weile hierbleiben.

Wir alle haben hier Männer gefunden. Warum sollte dir das nicht auch so ergehen?«

»Es stehen keine Mathesons mehr zur Auswahl.«

»Aber es gibt viele Krieger, und einige von ihnen sind sehr gute Männer. Vielleicht sollten wir dir bei der Auswahl behilflich sein. Willst du unsere Hilfe?«

»Ihr alle? Nein. Vielleicht nur deine.«

»Also gut. Ich werde dir helfen, einen guten Mann zu finden. Und dann können wir eine Reise machen, um ihn Mama und Papa vorzustellen.« Tara ließ sich zurück ins Bett fallen. »Jetzt, wo wir das beschlossen haben, gehe ich wieder schlafen. Ich vermisse Shaws haariges Bein, das an meinem lehnt. Es ist ein Trost zu wissen, dass er immer da ist, um mich zu beschützen.«

»Er wird dich stets mit seinem Leben beschützen. Er betet dich an, Tara.«

Wenn sie nur auch jemanden finden könnte, der das Gleiche für sie empfand.

KAPITEL DREI

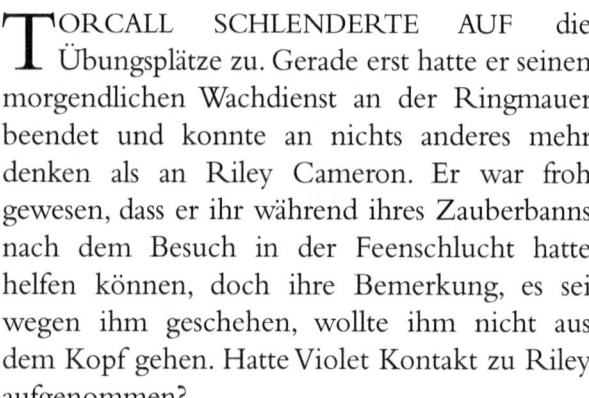

TORCALL SCHLENDERTE AUF die
Übungsplätze zu. Gerade erst hatte er seinen
morgendlichen Wachdienst an der Ringmauer
beendet und konnte an nichts anderes mehr
denken als an Riley Cameron. Er war froh
gewesen, dass er ihr während ihres Zauberbanns
nach dem Besuch in der Feenschlucht hatte
helfen können, doch ihre Bemerkung, es sei
wegen ihm geschehen, wollte ihm nicht aus
dem Kopf gehen. Hatte Violet Kontakt zu Riley
aufgenommen?

Und wenn ja, aus welchem Grund?

Als der Fluch zuschlug, hatte er Violet Gefühle
entgegengebracht, aber jetzt erkannte er darin
lediglich die Schwärmerei eines jungen Mannes,
die nicht von Dauer gewesen wäre. Es war nicht
so etwas Tiefes und Schmerzhaftes wie seine
Gefühle für Riley gewesen. Riley war begabt,
klug und schön, und sie hatte eine Art, ihn zum
Lachen zu bringen. Violet war immerzu ernst
gewesen. Tatsächlich hatte sie oft traurig gewirkt,
wenn er sich mit ihr unterhielt.

Falls Violet Riley erschienen war, dann

wahrscheinlich nicht, weil seine ehemalige Angebetete ihm ihre unsterbliche Liebe erklären oder ihn von den Armen einer anderen Frau fernhalten wollte. Ihre Botschaft wäre vielmehr seine größte Angst – dass er der Verursacher ihres Todes war. Er wischte sich den Schweiß von der Stirn, während er sich die Situation in Erinnerung rief.

Er wusste die Wahrheit, nämlich dass das Gift seinerzeit aus dem Brunnen stammte. Aber was wäre, wenn er ihr nichts zu trinken gegeben hätte, als sie so schläfrig gewesen war? Wäre sie dann noch am Leben?

Würde Gott ihn für schuldig befinden, wenn er eines Tages an die Himmelspforte klopfte? Seine Mutter, die sehr religiös war, hatte ihm immer wieder eingebläut, dass der Allmächtige alles sah, was er tat. Würde er sich an Torcalls Teilhabe an Violets Tod erinnern?

Würde Violet neben Gott stehen und Torcall bloßstellen?

»Massie, willst du mit mir zu Mittag essen?« Shaw trat von hinten an ihn heran und legte Torcall die Hand auf die Schulter. »Du brauchst nicht auf die Übungsplätze zu gehen, wenn du gerade deinen Dienst auf der Mauer beendet hast.«

Gedankenverloren nickte er nur und wandte sich dem Hauptturm zu, ohne Shaw groß zu beachten.

Shaw senkte seine normalerweise laute Stimme und schlug einen leiseren Tonfall an. »Massie, was beunruhigt dich so? Ich habe dich schon lange nicht mehr so besorgt gesehen.«

»Nichts. Ich weiß nicht, was du meinst. Es geht mir gut.« In der Hoffnung, Shaw würde die Lüge nicht in seinen Augen erkennen, wandte er sich ab. Vergeblich, wie sich herausstellte.

»Dein Gesichtsausdruck sagt etwas anderes. Du kannst einen alten Freund nicht anlügen«, zwinkerte Shaw ihm zu und lehnte sich zu ihm hin. »Und ich glaube, ich kenne dein Problem.« Seine Stimme wurde leiser, und er warf einen Blick über die Schulter, um sicherzugehen, dass er nicht belauscht wurde. »Du willst das Mädchen unbedingt küssen, aber du weißt nicht, wie du es anstellen sollst. Ich werde dir mit Freuden in deiner Situation aushelfen.«

»Was ist das für eine Situation, Bruder?« Marcas gesellte sich zu ihm, was die beiden aufschrecken ließ, denn er hatte sie eingeholt, ohne dass einer von ihnen sein rasches Herannahen von den Übungsplätzen bemerkt hätte.

»Es ist Zeit für ein ausgelassenes Fest. Vielleicht sollten wir eine Feier veranstalten, um die Weihnachtssaison mit einem Paukenschlag einzuleiten. Torcall muss ein Mädchen zum Küssen finden, und ein Fest ist die beste Gelegenheit dazu. Bist du nicht auch dieser Ansicht, Marcas?« Shaw zwinkerte seinem Bruder zu und brach in ein breites Grinsen aus.

Shaws Grinsen sagte Torcall, dass sein Freund nicht eher ruhen würde, bis er seinen Willen durchgesetzt hätte. In einigen Tagen würde auf Eddirdale Castle ein großes Fest stattfinden.

Marcas dachte einen Moment lang nach und meinte dann: »Das halte ich für eine wunderbare Idee. Meine arme Frau leidet unter Rückenschmerzen, und meiner Ansicht nach könnte dies genau das Richtige sein, um sie von dem kleinen Kind abzulenken, das sie plagt.«

»Da haben wir es. Ein Fest, um die bevorstehende Geburt eines weiteren Mathesons zu feiern. Vielleicht wird es ein weiterer Erbe für die Stellung des Lairds.« Shaw schlug Torcall freundschaftlich auf die Schulter. »Und ein perfekter Zeitpunkt für dich, dir ein Mädchen zu suchen.«

Torcall blieb stumm, denn Shaw oder Marcas sollten nichts von seinen wahren Gefühlen für Riley erfahren. Zumindest nicht mehr, als sie bereits ahnten.

Marcas stürmte in die Halle. »Ich werde meine Frau suchen gehen. Sie wird von deinem Einfall begeistert sein, Shaw.«

Und wie aufs Stichwort stürzte Shaw sich auf ihn und zog ihn beiseite, bevor sie den Hauptturm betraten. »Du hast es auf Riley abgesehen, nicht wahr? Sie ist eine reizende junge Frau. Denkst du vielleicht, sie könnte dich abweisen? Denn ich denke das nicht. Ich habe gesehen, wie sie dich beobachtet hat, und sie sieht dabei recht glücklich aus. Wovor fürchtest du dich?«

»Ich habe keine Angst. Ich habe Riley gern, doch ich bin mir unsicher, ob sie auch so empfindet. Ich möchte mich nicht zum Gespött des Clans machen, wenn sie mich zurückweist. Außerdem glaubt Tara, Riley wird bald nach

Hause zurückkehren. Ich will nicht um ein Mädchen werben, das innerhalb einer Woche abreist. Dann wäre ich ein Narr, meinst du nicht auch?«

»Ich werde mich ein bisschen mit meiner Frau unterhalten und sehen, ob sie mir irgendwelche Hinweise auf Rileys Gefühle mitteilen kann. Ich werde sie fragen, ob ihre Schwester an jemandem hier interessiert ist und wie sie über eine Rückkehr zu den Camerons denkt.« »Erwähne meinen Namen bitte nicht. Warte ab, was Tara zu sagen hat. Versprich mir, nichts zu sagen, was mich in Verlegenheit bringen könnte.«

Shaw schmunzelte. »Na schön, ich verspreche es.«

Wie aus dem Nichts tauchte Marcas wieder auf. Torcall fluchte innerlich. Er musste unbedingt aufmerksamer sein. »Hast du gerade meinen Bruder gebeten, seine Frau etwas zu fragen, Massie? Du wirst nie eine Antwort bekommen, wenn du dich auf Shaw als Vermittler verlässt.«

Shaw wirbelte herum und sah seinen Bruder mit einem gespielt empörten Gesichtsausdruck an. »Was zum Teufel soll das heißen, Marcas?«

Marcas gluckste. »Es bedeutet, dass ein Blick auf den Busen deiner Frau oder ihre schwingenden Hüften genügt, und du kannst nur noch daran denken, mit ihr ins Bett zu gehen. Alle anderen Gedanken sind wie im Fluge aus deinem Kopf verschwunden. Glaubst du, das merkt sonst keiner?«

»Das ist nicht wahr, Bruder.«

»Da könnte etwas Wahres dran sein«, schnaubte Torcall.

»Du bist in guter Gesellschaft, Shaw. Uns allen ergeht es mit unseren eigenen Frauen gleich. Du liebst Tara und das zeigst du auch gern. Daran ist nichts auszusetzen.«

Von der Vorratskammer aus trat Tara auf den Hof hinaus, als wüsste sie, dass über sie gesprochen würde. Shaw drehte den Kopf so schnell, dass Torcall sich ein Lachen nicht verkneifen konnte. Der Mann reagierte nicht auf sein Gelächter und hörte es nicht einmal, was, wie Torcall befand, die Wahrheit von Marcas´ Worten bewies.

Torcall verstummte. Nichts wünschte er sich sehnlicher, als das gleiche Schicksal wie sein Laird und seine Brüder zu teilen – eine Frau zu finden, die er so sehr liebte, dass ihm in ihrer Gegenwart sein Denkvermögen abhandenkäme.

Shaw sah seiner Frau grinsend zu, wie sie mit schwingenden Hüften den Hof überquerte und sich von ihnen entfernte. Über die Schulter warf sie einen Blick zu ihm zurück und schenkte ihrem Mann ein konspiratives Lächeln.

Torcall wünschte sich, es wäre Riley, die ihn mit einem Lächeln und einem Schwingen ihrer Hüften beschenkte.

Am nächsten Abend kleidete Riley sich in ihrer Kammer mit aller Sorgfalt an. Tara war in das Schlafgemach zurückgekehrt, das sie mit Shaw teilte, und Riley nahm es ihr nicht übel. Wenn sie mit jemandem verheiratet wäre, den sie nur halb so gern mochte wie Tara ihren Shaw, würde sie dasselbe tun.

Aber wen würde sie schon zum Heiraten finden?

Ein Klopfen ertönte an der Tür. »Herein.«

Jennet trat in die Kammer und leise schloss sie die Tür hinter sich. Ihr blondes Haar war bereits ordentlich geflochten, und sie trug für den festlichen Abend ein Kleid in einem tiefen Grün. »Wie geht es dir, Riley? Du bist in den letzten Tagen so ruhig gewesen. Fühlst du dich durch deinen Besuch in der Feenschlucht noch immer beunruhigt?«

Riley log ihre Cousine an. »Nein, es geht mir gut. Die Vision war nicht klar, und ich weiß nicht, wie ich sie deuten soll.«

»Wirst du zurückkehren und versuchen, ob du mehr in Erfahrung bringen kannst?« Jennets Blick fiel auf einen Schemel in der Nähe des Kamins und sie setzte sich.

Mit einem Schulterzucken bemühte sie sich, ihre widerspenstigen Haare mit den Fingern zu entwirren. »Das hatte ich nicht vor, aber ich bin sicher, dass Tara darauf bestehen wird.«

Dann kam Jennet hinter Riley zum Bett. »Tritt einen Schritt zurück und ich bringe dein Haar in Ordnung. Ich habe die perfekte Methode. Ich glätte deine Wellen und nehme nur den oberen Teil deines Haars zurück, das ich dann flechte. So wie es Connors Frau, Sela, macht.«

»Die nordische Art?«

»Ja, und Dyna hat den Stil von ihrer Mutter übernommen. Das gefällt mir. Besser als ein großer Zopf. So hält die Frisur besser. Sie hat mir verschiedene Methoden zum Flechten von Zöpfen gezeigt, die wirklich bezaubernde Muster ergeben.«

Riley stellte sich in Position, sodass Jennet ihr Haar erreichen konnte. »Ich würde liebend gern sehen, was du damit anfangen kannst. Ich muss zugeben, dass ich Mutter hier vermisse, damit sie mein Haar flicht.«

»Wir alle vermissen unsere Mütter. Wir lieben unsere Ehemänner aber die Mütter machen sich um uns zu schaffen. Und ich bin sicher, dass deine Mama dich vermisst, da du sie ohne einer ihrer Töchter zurückgelassen hast. Meine Mutter hat Lily und ihre Mädchen und auch Bethia und Torrian und Gregors Mädchen. Es sind so viele, dass ich mich manchmal frage, ob sie überhaupt bemerkt, dass ich fort bin.«

Riley dachte an die große Schar der Kinder und Enkelkinder auf Ramsay Castle. »Aye, ihr habt so viele auf Ramsay Castle wie Tante Maddie auf Grant Castle. Ich denke, Mama ist oft eifersüchtig.«

»Deine Familie wird bald wachsen«, meinte Jennet, die mit einem Kamm sanft durch Rileys Locken fuhr. »Bald wird Brin nach einer Frau suchen und als Erbe des Lairds wird er viele zur Auswahl haben. Aber ich erwarte, dass Tante Jennie jeden Tag hier ankommt, weil ihre beiden Mädchen hier sind. Erwartest du sie nicht?«

»Nein, meine Mutter würde Papa nicht ohne guten Grund verlassen. Und mit ihrer Aufgabe als Heilerin ist sie immer so beschäftigt. Genau wie

Tara und du, insbesondere weil Brigid weniger tun kann, je näher ihre Zeit rückt.«

»Du erwartest sie wirklich nicht hier?«

»Nein. Warum fragst du das?« Jennet war einer der klügsten Menschen, die Riley kannte. Vielleicht sollte sie ihren Vorhersagen größere Beachtung schenken.

»Sie fürchtet vielleicht, du könntest einen Mann hier finden, und dann hätte sie beide Töchter, Tara und dich an Black Isle verloren. Sicher würde sie sich wünschen, dass du jemanden findest, der näher dran wohnt. Sie möchte bestimmt nicht, dass all ihre Enkelkinder hier zur Welt kommen.«

Darüber hatte Riley gar nicht nachgedacht. Ihre Mutter würde sie nicht beide hier haben wollen. Da musste sie zustimmen.

»Was ist dir lieber, Riley? Black Isle oder das Gebiet der Camerons?« Jennet war mit dem Kämmen ihrer Locken fertig und ging nun dazu über, einen Abschnitt auf Rileys Kopf zu flechten.

»Ich weiß es nicht. Ich mag sie beide.« Mit ihrem neuen Interesse an Torcall bevorzugte sie Black Isle.

»Denkst du darüber nach, allein heimzukehren? Wirst du es auf die gleiche Weise genießen?«, fragte Jennet.

Riley dachte einen Augenblick nach. »Ich denke, Tara und ich könnten so sein, wie du und Brigid.«

Jennet schien verwirrt. »Was meinst du?«

»Ich glaube nicht, dass irgendjemand überrascht ist, dass ihr, du und Brigid, beide entschieden habt, auf Black Isle zu wohnen. Ihr seid euch immer so nahe gewesen, dass niemand geglaubt hat, ihr würdet euch trennen.«

Jennet legte den Kopf zurück und zuckte mit den Schultern. »Sie haben sich nicht geirrt. Brigid und ich haben beinahe so viel Zeit miteinander verbracht wie Geschwister.

Riley starrte auf die Tür, als ob sie erwartete, dass sie sich öffnete. »Ich habe Tara schrecklich vermisst, ehe ich nach Black Isle gekommen bin. Glaubst du, Mama hat das gemerkt?«

»Das vermute ich. Mütter sehen mehr, als sie zu erkennen geben, da bin ich sicher. Meine Mutter wusste, dass ich hierbleibe, als Brigid und Marcas geheiratet haben.«

»Es ist komisch, dass ihr drei von Marcas entführt worden seid. Es ist noch immer eine meiner Lieblingsgeschichten. Sie ist so romantisch, insbesondere für Brigid und Marcas.« Es war eine der besten Geschichten überhaupt und fast machte sie der Liebesgeschichte ihrer Eltern Konkurrenz.

»Da stimme ich zu. Vom ersten Augenblick an war etwas zwischen ihnen, als wir auf unserem Weg hierher im Wald haltgemacht hatten.«

»Hast du bei Ethan das Gleiche gefühlt?«

»Aye. Ich habe ihn bemerkt und die Art, wie er war. Er war mir ähnlicher als irgendein anderer Mann, den ich je getroffen habe.«

Als Marcas seine Frau verlor und seine Tochter an den Folgen des Fluches erkranken sah, war er zusammen mit Ethan und Shaw zu einer Mission aufgebrochen, Jennie Cameron und Brenna

Ramsay, die bekanntesten Heilerinnen im Land, zu entführen. Da sie die Heilerinnen nur von ihrem Ruf kannten und ihnen noch nie begegnet waren, kehrten sie nicht mit den Heilerinnen auf die Black Isle zurück, nach denen sie gesucht hatten, sondern mit ihren Töchtern, Tara und Jennet Cameron, und Jennets Cousine Brigid.

»Das Merkwürdige daran ist, dass du freiwillig mitgekommen bist, Jennet. Hast du dich nie darüber gewundert?«, fragte Riley.

»Nein. Brigid und ich haben immer zusammen gearbeitet. Als Marcas sie gepackt hat, war es nur logisch für mich, ebenfalls mitzugehen. Darin steckt eine Lehre für dich, Riley.« Jennet war mit ihrem Haar fertig und stellte sich nun vor ihre Cousine, um ihr Werk zu bewundern. Sie lächelte zufrieden. »Die Zöpfe stehen dir ausgezeichnet.«

»Welche Lehre?«

»Wenn du dich zu jemandem hingezogen fühlst, solltest du deinen Instinkten folgen. Es sind immer Engel um dich, die dir sagen, welchen Weg du gehen sollst. Sie werden dir die richtige Richtung weisen.«

»Ich bin überrascht, dass du das glaubst, Jennet. Das könnte Brigid vielleicht gesagt haben, aber du bist ernsthafter.«

»Es sind die Geschichten meiner Mutter. Sie erzählt, die Engel hätten Onkel Alex und Tante Maddie während eines Schneesturms an Weihnachten zusammengeführt. Sie hat mich überzeugt. Also stellt sich die Frage, zu wem du dich hingezogen fühlst. Ist es jemand hier oder bei den Camerons?«

Schnell senkte Riley den Kopf, um ihr Erröten zu verbergen, doch sie wurde vor einem Geständnis bewahrt, da in diesem Moment die Tür aufsprang.

Tara eilte herein. »Komm, liebe Schwester. Die Feier hat angefangen! Ach, schau nur wie wunderschön du bist! Jennet, du hast ein Wunderwerk mit ihrem Haar vollbracht. Kommt nach unten ihr beiden.«

Sie traten auf den Gang hinaus und gingen auf die Treppe zu. Als Riley nach unten schaute, setzte ihr Herz beim Anblick des ersten Gesichts einen Schlag aus.

Es war Torcall Massie.

KAPITEL VIER

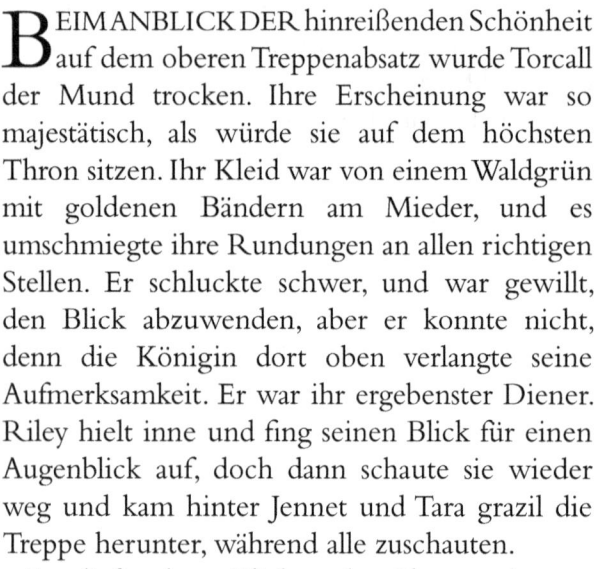

BEIM ANBLICK DER hinreißenden Schönheit auf dem oberen Treppenabsatz wurde Torcall der Mund trocken. Ihre Erscheinung war so majestätisch, als würde sie auf dem höchsten Thron sitzen. Ihr Kleid war von einem Waldgrün mit goldenen Bändern am Mieder, und es umschmiegte ihre Rundungen an allen richtigen Stellen. Er schluckte schwer, und war gewillt, den Blick abzuwenden, aber er konnte nicht, denn die Königin dort oben verlangte seine Aufmerksamkeit. Er war ihr ergebenster Diener. Riley hielt inne und fing seinen Blick für einen Augenblick auf, doch dann schaute sie wieder weg und kam hinter Jennet und Tara grazil die Treppe herunter, während alle zuschauten.

Er ließ den Blick schweifen und war überrascht, dass alle Augen auf Riley gerichtet waren, während Jennet offensichtlich schwanger war und ihr Kleid das Kind verhüllte, als ob es noch ein paar Monde bis zur Geburt dauern könnte, doch er hatte Ethan sagen gehört, dass es bis dahin nur noch weniger als einer wäre. Da Brigid die Heilerin war, die sich am meisten um

Schwangere kümmerte, konnten sie alles geheim halten. Doch im Augenblick nahm niemand Notiz davon.

Ganz eindeutig bezauberte Rileys Schönheit alle ganz genauso wie ihn.

Am Fuße der Treppe blieb sie stehen und schaute sich in der Gruppe um, die sich für die abendlichen Feierlichkeiten versammelt hatte. Etwa zwei Dutzend Menschen wandelten in der Halle umher und noch einige weitere draußen im Burghof. Riley und Tara bahnten sich ihren Weg hindurch, um sich zu der kleinen Traube zu gesellen, die sich um Shaw gesammelt hatte.

Torcall war zu erstarrt, um auf sie zuzugehen, ehe sie sich bewegte. Er war ganz in ihrer Aura verloren.

Ihre langen dunklen Locken waren auf eine Weise geflochten, die er noch nie zuvor gesehen hatte. Ein großer Zopf hing ihr über den Rücken, während zwei kleinere in einem faszinierenden Muster in ihrem Haar verwoben waren. Er mochte ihr Haar, wenn es lang und frei war, und zwar einfach, weil es immer anders war und ihre Mähne hinter ihr im Wind flatterte, wenn sie ritt. Aber dieses Muster war ebenfalls sehr apart. Weil das Haar aus ihrem Gesicht war, konnte er ihre Wangenknochen, die vollen Lippen und ihre braunen Augen bewundern. Rileys Augen sahen mehr, als irgendjemand je sehen konnte.

Ein Ellbogenstoß in seinem Rücken ließ ihn aufschrecken.

»Wenn du weiter so vor dich hinstarrst, wird jeder wissen, worauf du aus bist.« Mit dem

Anflug eines Lächelns stand Alvery neben ihm. Er schaute seinen Freund an und wackelte dabei mit den Augenbrauen. »Sie ist eine Schönheit und mit niemandem zusammen. Warum näherst du dich ihr nicht?«

Er seufzte und war wütend auf sich, weil seine Gefühle so eindeutig auf seinem Gesicht zu lesen waren. »Sie ist hübsch, denke ich. Das ist alles, was du wissen musst. Mehr nicht.«

»Du scherzt wohl.« Alvery musste husten und fügte dann hinzu: »Warte nicht zu lange oder du wirst deine Chance verpassen. Ich gehe hinüber, um mir eine Portion Wildbret zu holen. Tu, was du willst.« Sein Freund drückte ihm kurz die Schulter und dann durchquerte er den Raum.

Sein Freund mochte sie vielleicht nicht sehen, aber es gab Gründe, warum Riley und er nicht zusammenpassten. Ihr Vater war ein Edelmann und Laird. Sie war eine Schönheit mit einer Gabe, die ganz anders als alles andere war, und sie war über ihre Jahre hinaus weise.

Er war nicht mehr als ein Wachmann mit nichts weiter als den praktischen Fähigkeiten eines Wachmannes.

Riley konnte mit den Toten reden. Andere waren Seher, aber noch nie hatte er von jemandem gehört, der mit den Toten reden konnte. Sie könnte am Hofe des Königs ihr Talent benutzen, um anderen zu helfen.

Oder vielleicht sollte sie in einer Abbey leben und denen helfen, die spirituelle Führung suchen. Sie könnte auf den Kontinent reisen und so vielen mit ihrer Gabe helfen. Die Möglichkeiten waren endlos.

Torcall würde für die Mathesons immer ein Wachmann sein und Black Isle nur im Rahmen seiner Verpflichtung verlassen, um Marcas und seine Familie auf ihren Reisen zu beschützen. Er schaute zu Riley, die dort lachend mit Shaw am Feuer stand. Dann verschwamm seine Sicht und vor ihm tauchte ein Bild von Riley auf, wie sie mit geschlossenen Augen am Boden lag und ihr Haar in einem Kranz um sie ausgebreitet war. Er unterdrückte einen Schrei.

Sie wirkte tot.

Er blinzelte und dann verschwand das Bild so schnell, wie es gekommen war. Er sog die Luft ein und schaute sich um, ob irgendjemand etwas von der Veränderung in seinem Blick gemerkt hatte. Bedeutete diese Vision etwas? Er war kein Seher. Woher war sie also gekommen?

War Riley in Gefahr?

Er legte den Blick auf sie und sie schaute zu ihm, als sie einen Becher mit warmem Wein von der Feuerstelle füllte. Ihr Lächeln beschwichtigte seine Furcht und brachte sein Herz gleichzeitig zum Rasen.

Marcas trat hinter ihn und sprach mit leiser Stimme zu ihm. »Meiner Ansicht nach würdet ihr ein schönes Paar abgeben. Brigid ist meiner Meinung. Rede mit ihr.«

Er konnte seinen Laird nicht anlügen, also wechselte er stattdessen das Thema. »Ist Brigid nicht wohl? Ich habe sie heute Abend noch nicht hier gesehen.«

»Sie fühlt sich ein bisschen schwach in der Magengegend. Vorhin hat sie zu viel gegessen, und nun beschwert das kleine Kind in ihrem Bauch sich. Sie wird wieder in Ordnung kommen. Ich weiß nicht, wie Frauen so lange mit so viel Gewicht in der Mitte herumlaufen können. Diese Extralast sollte sie bestimmt müde machen, aber außer ihrem schwachen Magen kann nichts Brigid stoppen. Ich habe ihr gesagt, endlich im Bett zu bleiben. Ich werde nur kurz hierbleiben und dann werde ich einige Leckerbissen suchen, um sie zu verlocken und ihr oben Gesellschaft leisten.«

»Ich hoffe, sie fühlt sich bald besser, Chief.«

Shaw rief seinen Bruder. »Bruder, ich brauche deine Meinung. Komm bitte zu uns.«

»Rede mit Riley«, sagte Marcas mit einem Nicken, ehe er sich auf den Weg zur Gruppe seines Bruders machte.

Der neue Wachmann, Hairalt, trat in die Halle und sein Blick schweifte umher, bis er langsamer wurde, als er Riley entdeckte, doch dann fiel er auf Torcall und er kam quer durch die Halle auf ihn zu.

»Ich hatte nicht erwartet, so viele hier anzutreffen«, bemerkte Hairalt. »Es ist Winter und draußen im Hof ist eine große Menge versammelt, als ob Sommer herrschte. Der Clan hat viel Sinn für Unterhaltung.«

Torcall zuckte mit den Schultern und antwortete: »Ich kann es mit nichts vergleichen, aber wir haben Lebensgeist, insbesondere seit dem Ende des Fluchs. Wir sind dankbar, nehme ich an. Nicht so die Miltons?« Mit dem Segen des Lairds der Miltons hatte Hairalt kürzlich gebeten, sich dem Matheson Clan anzuschließen. Er hatte angeführt, den wachsenden Clan unterstützen zu wollen, und offenbar hatte Milton nichts dagegen gehabt. Und die Mathesons waren wirklich noch immer knapp an Mitgliedern, sodass Marcas den Wachmann willkommen geheißen hatte.

»Nein, nur die Eingeladenen. Das ist der Grund, warum ich von dort hatte gehen wollen. Mir war zu Ohren gekommen, dass die Wachen hier einbezogen werden, also wollte ich von dort weg.«

»Hast du keine Familie beim Milton Clan?«, fragte Torcall. Die meisten Männer wechselten den Clan nicht, was insbesondere auf Wachen zutraf. Die Loyalität zur Familie besaß auf Black Isle einen hohen Stellenwert und Hairalts Wunsch nach einem Wechsel seiner Zugehörigkeit machte ihn neugierig.

»Nein. Ich hatte beim Ross Clan meine Familie, aber sie haben alle das Fieber bekommen und sind gestorben. Ich hatte es nicht ertragen können, dort zu bleiben, und deshalb bin ich zu den Miltons gewechselt. Aber der Milton Clan hat sich für mich auch nicht richtig angefühlt. Der Matheson Clan passt mir besser. Er ist kleiner.«

»Ich verstehe deine Situation. Ich habe meinen Vater und meine Schwester bei dem Fluch verloren, aber ich kann mir nicht vorstellen, die Mathesons zu verlassen, selbst wenn meine Mutter nicht mehr hier leben würde. Ich hoffe, du bleibst. Wir können so viele Wachmänner wie möglich gebrauchen.« Er hatte auch das Mädchen an den Fluch verloren, das er gerngehabt hatte, aber Hairalt musste nichts von Violet erfahren.

»Grundgütiger. Ist das Riley Cameron dort mit dem wild geflochtenen Haar?« Hairalts Augen weiteten sich, während er Riley anstarrte.

»Aye, aber sie ist nicht für dich bestimmt. Sie hat dir keine Gunst gezeigt, nicht wahr?«, konterte Torcall schroff.

Hairalt schmunzelte. »Sie hatte einfach noch keine Gelegenheit, mich kennenzulernen. Ich werde sie zu einem kleinen Spaziergang einladen.« Nachdem er sich mit der Hand über sein welliges helles Haar gestrichen war, nickte Hairalt ihm zu. »Wünsch mir Glück!«

Es kostete Torcall jede Unze seiner Willenskraft, um sich nicht zwischen Hairalt und Riley zu stellen, oder den Mann gar aus der Halle zu verweisen.

Wenn Riley hier von irgendjemandem umworben würde, dann wäre das Torcall. Niemand würde der Frau imponieren, in die er sich verliebte.

Niemand.

Riley gab sich die größte Mühe, Torcall nicht anzustarren, was allerdings schwierig war. Sein Haar war hellbraun, und sie wusste von den goldenen Strähnen, die es hatte, wenn die Sonne darauf schien. Seine Augen harmonierten mit seinem Haar. Ein goldener Bronzeton, dachte sie. Er war bei weitem der attraktivste Mann hier, und obwohl er ihrem Auge gefiel, hatte ihre Mutter ihr gründlich eingebläut, andere nicht anzustarren.

Sie kehrte ihm den Rücken zu, um nicht in Versuchung zu geraten, ihre Aufmerksamkeit auf ihn zu konzentrieren. »Tara, wie geht es Brigid?« Sie hatte ihre Cousine den ganzen Abend nicht gesehen und hoffte, es ginge ihr und dem Baby in ihrem Bauch gut. Sowohl ihre Mutter, Jennie, als auch ihre Tante Brenna, Jennets Mutter, hatten Brigids Entbindung für die Zeit kurz vor dem Weihnachtsfest vorausgesagt und die von Jennet kurze Zeit später. Sie konnte kaum erwarten, zu erfahren, ob die beiden jeweils einen Jungen oder ein Mädchen bekommen würden.

»Es geht ihr gut, aber sie hat nur ein bisschen Bauchweh. Brigid ist ganz froh, noch liegen zu bleiben«, meinte Tara mit einem wissenden Lächeln. »Das erleben wir nicht oft, nicht wahr, Jennet?«

»Brigid war in letzter Zeit froh, zu liegen«, stimmte Jennet zu. »Das lässt mich glauben, dass sie ihrer Zeit näher ist, als sogar ihre Mutter annimmt. Ich schaue oft nach ihr.« Als Jennet und Brigid aufwuchsen, waren sie unzertrennlich gewesen und sind Jennets Mutter stets gefolgt, um so viel wie möglich über das Heilen zu lernen. Nun waren Jennet und Tara die Heilerinnen für den Matheson Clan und oft auch für die Miltons. Brigid war so sehr mit Marcas´ Kindern und ihren Pflichten in der Burg in Anspruch genommen, dass sie nur selten dazu kam, ihre Heilkünste auszuüben, es sei denn, es kam jemand und bat sie um Hilfe bei der Geburt ihrer Kinder.

Tara zog die Augenbrauen kurz fragend zusammen, doch dann lächelte sie unbeschwert. Riley kannte diesen Blick ihrer Schwester.

»Was ist los?«, fragte sie.

»Jemand kommt direkt auf dich zu, Schwester. Ich glaube, es ist der neue Wachmann von unserem Ausflug neulich. Ich erinnere mich nicht an seinen Namen. Sei jetzt still.«

Ein Arm schlang sich um Rileys Taille und ließ sie trotz Taras Warnung aufschrecken. Warum fasste er sie an? Das war völlig unerwartet. Sie trat einen Schritt zurück und wünschte, sie würde Torcall begrüßen und nicht den neuen blonden Wachmann, der vom Milton Clan kam.

»Ich grüße alle holden Damen des Matheson Clans. Ich bin Hairalt und stehe Euch zu Diensten. Obwohl ich mich freue, Euch alle kennenzulernen, würde ich lügen, wenn ich Euch nicht mitteilen würde, dass ich zuerst die Bekanntschaft dieser reizenden Maid machen möchte.« Noch immer ruhte sein Arm auf ihrer Hüfte, als er sich Riley zuwandte.

Zu ihrer Überraschung tauchte Torcall neben Hairalt auf, der den Blick auf den anderen Mann gerichtet hatte. »Du hast kein Recht, sie anzufassen. Die Wachen der Mathesons behandeln alle Frauen mit Respekt, und sie ist die Tochter eines Lairds. Nimm deine Hand fort.«

Als hätte Torcalls Blick physische Kraft, wich Hairalt von Riley zurück.

Riley nahm Taras rasches Grinsen und ihre aufgerissenen Augen wahr. Ihre liebe Schwester wich sogar einen Schritt zurück, eine weitere Geste, die Riley wohlvertraut war. Tara wollte sehen, wie es weitergehen würde, und Jennet schloss sich ihr an.

Nun stand Riley zwischen zwei Männern.

Torcall stand unerschütterlich und reckte das Kinn. Seine Erfahrung und Autorität als vertrauenswürdiger Wachmann der Mathesons waren in seiner Haltung offensichtlich. »Entschuldige dich bei der Dame, Hairalt.«

»Ich werde mich nicht entschuldigen. Es schien sie überhaupt nicht zu stören.« Hairalt beugte sich näher und flüsterte Riley etwas ins Ohr. Dann lachte er und verhöhnte Torcall, der nicht hören konnte, was er sagte, aber Riley errötete so schnell, dass er ihre Ehre verteidigen musste. Allerdings befand er sich noch immer in der Halle seines Lairds, und somit musste sein Vorgehen wohlüberlegt sein.

Zu seiner Überraschung reizte der Narr ihn noch weiter. Hairalt trat näher an ihn heran und spottete: »Bist du Manns genug, um etwas dagegen zu unternehmen?« Dann schubste ihn dieser törichte Narr.

Er wagte es, ihn inmitten der Halle der Mathesons zu schubsen, wo alle zusahen. Selbst wenn er es versucht hätte, wäre es Torcall unmöglich gelungen, sich noch länger zurückzuhalten.

Er rammte Hairalt seine Faust direkt ins Gesicht.

KAPITEL FÜNF

RILEY STIESS EINEN kleinen Schrei aus, als sie das Knacken der Knochen hörte, das Torcalls Faust hervorrief, als sie das Gesicht des blonden Mannes traf.

»Ach je!« Vor Schreck schlug sie sich die Hand vor den Mund. Torcall zog seine Faust zurück, um erneut zuzuschlagen, doch Riley schritt rasch ein und packte sein Handgelenk. »Torcall, hör auf!«

»Er hat dich berührt!« In seinen Augen loderte eine Wut, die mit nichts vergleichbar war, was sie je gesehen hatte. »Er hat kein Recht, dich anzufassen.«

Angesichts der lauten Stimmen wurde es still in der Halle. Jennet stieß ein Lachen aus, wie es Riley noch nie gehört hatte, und in der schockartigen Stille des Raumes klang es so laut, dass sie sich zu ihrer Cousine umdrehte, um sie anzustarren. »Warum ist das lustig?«

Jennet ernüchterte rasch, bedeckte ihren Mund mit der Hand, und schlug den Blick nieder, ehe sie zu einer Antwort ansetzte. »Nichts. Nichts, was du im Augenblick wissen musst. Ich erkläre es dir später. Unter vier Augen.«

Ihre Schwester lehnte sich ebenfalls mit einem breiten Grinsen und einem Funkeln in den Augen zurück, das ihr alles sagte, was sie wissen musste. Tara amüsierte sich köstlich.

Dann war Marcas ebenfalls da und einen Moment später sein Bruder Shaw.

»Was ist passiert, Massie?« Er legte Torcall beide Hände auf die breiten Schultern und schob ihn ein paar Schritte von der Gruppe weg.

Riley drehte sich zu Hairalt um, der mit einem seltsamen, schiefen Lächeln im Gesicht dastand. »Es tut mir so leid, dass das passiert ist.« Als sich die Szene beruhigte, kehrten die anderen in der Halle zu ihren eigenen Gesprächen zurück, und Riley atmete erleichtert auf.

Die Hände immer noch auf Torcall gelegt, drehte Marcas sich zu Riley um. »Riley, würdest du mir bitte sagen, was passiert ist?«

Sie warf einen Blick auf Torcall, dessen Gesicht noch immer rot vor Wut war, aber er schien seine übliche Beherrschung wiedergewonnen zu haben. Sie straffte die Schultern und erklärte. »Hairalt trat hinter mich und begrüßte uns, und mich im Besonderen. Er …«, sie rang nach den richtigen Worten, denn sie war nicht sicher, wie sie Hairalts Benehmen und Torcalls Reaktion beschreiben sollte.

Er war wütend geworden, dass Hairalt sie berührt hatte. Wagte sie, dies vor Marcas zu wiederholen?

»Und?«, fragte Marcas weiter und wartete auf ihre Antwort.

»Und Torcall, nun, er sagte …« Stirnrunzelnd schaute sie zu Torcall.

Torcall holte tief Luft und machte ein ernstes Gesicht. »Bringt sie nicht dazu, eine Erklärung für mich abzugeben. Hairalt hat sich ganz frech zu viel herausgenommen. Er ist hinübergegangen und hat die Hand um Rileys Taille gelegt, was eine Handlung ist, die für einen Mann, der eine junge Frau kaum kennt, vollkommen unangemessen ist – insbesondere, wenn sie die Tochter eines Lairds ist. Es war falsch von ihm.«

Riley flüsterte. »Und Hairalt hat Torcall zuerst geschubst. Das stimmt.«

Marcas richtete den Blick auf Hairalt. »Du hast dich falsch verhalten, Hairalt. Du hast dich einer jungen Frau genähert, der Tochter eines Lairds und meinem Gast – auf ungehobelte Weise. Entschuldige dich.«

Riley suchte nach den richtigen Worten und eine leichte Röte überzog ihr Gesicht. »Das ist nicht nötig. Ich meine … er muss nicht …«

Marcas hob seine Hand und Riley wurde still. »Ich habe einem meiner Wachen einen Befehl erteilt, Riley. Ich erwarte Gehorsam von ihm.«

»Aye«, meinte Torcall. »Wenn er einen Platz hier haben will, muss er lernen, was von den Wachmännern der Mathesons erwartet wird. Er muss sich entschuldigen.«

Brigid erschien auf der Galerie und schaute auf die Gruppe hinunter.

»Liebes?«, fragte Marcas und eilte bis an den Fuß der Treppe. »Stimmt etwas nicht?«

»Nein«, entgegnete sie und mit ihrem Blick

suchte sie die ganze Halle ab. »Ich dachte, ich hätte meinen Vater brüllen hören. Ist er hier, Marcas?«

Jennet brach in Gelächter aus und genau gleichzeitig stimmte Tara ein, die direkt hinter Jennet stand. Die beiden grölten und schlugen sich auf die Schenkel, ehe sie einander in die Arme fielen und die Tränen ihnen über die Wangen rannen.

Riley war so verwirrt, dass sie nicht wusste, was sie tun oder sagen sollte. Ihre Schwester lachte weiter und Marcas kümmerte sich um Brigid. Torcall hatte sich beruhigt, aber er war immer noch wütend und Hairalt zuckte bloß mit den Schultern und marschierte aus der großen Halle. Riley entschied, ihm nachzugehen und sich zu entschuldigen.

Oder wollte sie von Tara und Jennet mit ihren geheimen Scherzen fortkommen? Sie war von Torcalls Verhalten verwirrt, seiner Wut und der Reaktion ihrer Schwester. Torcalls Wut schien im Vergleich mit Hairalts Übertretung so extrem. Es stimmte, dass sie von dem Mann nicht hatte berührt werden wollen, aber Torcall wirkte beleidigter als sie selbst.

Niemand bemerkte, dass sie hinausging. Die Tür schloss sich hinter ihr und sie rannte hinter Hairalt her.

»Bitte warte, Hairalt. Es tut mir so leid, dass du verletzt worden bist.«

Der Wachmann blieb stehen und drehte sich um, wobei sein Gesichtsausdruck sich vor Freude schnell aufhellte. Er rieb sich über die Wange und entgegnete: »Er hat mir keinen Schaden zugefügt. Ich werde in den nächsten Tagen ein bisschen blau und grün im Gesicht sein, aber ich denke mir nicht viel dabei. Er scheint es darauf anzulegen, Ärger zu verursachen.«

»Torcall? Nein, er ist normalerweise nicht so.«

Wieder legte Hairalt den Arm um ihre Taille und führte sie den Weg entlang zu der Umrandung des Burghofes zu dem Bereich nahe des Gartens, wo eine Bank stand. Eine Fackel spendete spärliches Licht, das die dunkle Umgebung nur geringfügig erhellte.

»Setz dich ein paar Augenblicke mit mir. Ich möchte dich gern kennenlernen. Nur das hatte ich gewollt, ehe Torcall uns unterbrochen hat. Riley Cameron, du bist bei weitem die schönste Maid bei den Mathesons.«

Bei seinem Kompliment errötete Riley und willigte ein, sich auf der Bank niederzulassen. Dann konnte sie nicht anders als sich zu fragen, ob er ihr aus einem bestimmten Grund Komplimente machte. Noch nie war sie irgendwo als die Schönste bezeichnet worden und niemals schöner als ihre Schwester oder ihre Cousinen. Brigid war eine der schönsten jungen Frauen, die ihr je begegnet waren. Tatsächlich wurde im Ramsay Clan oft gestritten, wer die Schönste sei, Brigids Schwester Sorcha oder Brigid.

»Du glaubst mir nicht, oder?«, fragte Hairalt und legte einen Finger unter ihr Kinn, um ihr Gesicht zu seinem zu heben. »Ich würde die Behauptung wagen, dass du so schön bist, dass bislang kein

Mann es gewagt hat, dir deinen ersten Kuss zu geben. Habe ich recht?«

Sie schaute ihm in seine grauen Augen und antwortete ihm nicht, weil sie einfach niemals zugeben würde, dass sie schon älter als zwanzig Sommer und noch nie geküsst worden war. Sie wusste, dass es nicht an ihrer Schönheit lag. Er wartete nicht lange, um den nächsten Schritt zu machen und sein Mund legte sich auf ihren, während die Hitze von seinen Lippen die ihren versengte, die sich wie von selbst ohne ihr Zutun öffneten.

Und als seine Zunge die ihre traf, zog sie sich schockiert zurück. Er lächelte. »Entschuldigung, Riley, aber ich fühle mich zu dir hingezogen wie ein Hengst zu der besten Stute auf der Weide. Deine Lippen sind die Süßesten, die ich je geschmeckt habe.«

Seine Schmeichelei brachte sie aus dem Konzept und sie sprang von der Bank auf. »Entschuldige mich. Ich muss in die Halle zurückkehren. Mir ist kalt.« Sie eilte davon und seine Worte folgten ihr dabei.

»Ich werde weder den Kuss vergessen noch dich, Mädchen. Ich werde für mehr wiederkehren.«

Sie war beinahe beim Hauptturm angelangt, als die Tür aufflog und Torcall in der Öffnung stand. »Riley? Hat er dich gezwungen, ihn zu begleiten? Du scheinst aus der Fassung. Hat er dir wehgetan?«

Sie vernahm einen Schritt hinter sich, aber sie würde sich nicht umdrehen, um zu sehen, ob es Hairalt war. Seine Stimme gab ihr die Antwort.

»Nein, ich habe ihr nicht wehgetan. Es war nichts weiter als ein süßer Kuss.«

Wieder verkrampfte Torcall den Kiefer vor Wut und rasch ergriff sie das Wort, um eine Wiederholung der Szene von drinnen zu vermeiden. »Bitte, Torcall. Ich würde gern in die Halle zurückkehren.«

»Muss er sich bei dir entschuldigen? Hat er sich Freiheiten herausgenommen? Denn wenn dem so ist, werde ich ihn lehren, sich anständig zu benehmen, wenn er mit einem Edelfräulein zusammen ist.« Er starrte Hairalt über ihre Schulter hinweg an.

Anhand des Humors in seiner Stimme vermutete sie, dass Hairalt ein breites Grinsen aufgesetzt hatte. »Bis später, Riley Cameron.«

Das Klopfen seiner Stiefelabsätze auf den Steinplatten, das er bei seinem Weggang absichtlich erzeugte, sollte eine Machtdemonstration sein – eine Botschaft an Torcall, die besagte, dass dieser keine Kontrolle über ihn hatte. Darum schien es Hairalt zumindest zu gehen, so als wolle er Torcall seinen Trotz ins Gesicht schleudern. Sie wollte nicht in die Rivalität zwischen den beiden hineingezogen werden, denn sie befürchtete, dies würde erneut in Gewalttätigkeit ausarten.

»Torcall?«, flüsterte sie, ein wenig erschrocken über seine Wut. »Du machst mir Angst.«

Torcall schloss die Augen und lockerte seine Haltung. »Verzeih mir, Riley. Ich wollte kein Spektakel vor dir machen und es war gewiss nicht meine Absicht, dich zu ängstigen. Ich wollte diesen Schurken nur in seine Schranken verweisen. Bitte sei vorsichtig. Er ist zu dreist. Wenn er dich wieder belästigt, komm zu mir und ich kümmere mich um ihn. Jederzeit. Er ist nur auf Probe hier. Marcas kann ihn fortschicken, wenn das dein Wunsch ist.«

Dabei gab es nur ein Problem.

Sie wollte nicht der Grund für die Verbannung einer Person aus dem Clan sein. Ein kleiner Teil von ihr war erfreut, endlich den ersten Kuss empfangen zu haben. Es hatte ihr zwar keine Schmetterlinge im Bauch beschert, wie ihrer Schwester, die Riley von ihren Küssen mit Shaw erzählt hatte, aber es war schön, das Gefühl zu haben, endlich in den Kreis der Fraulichkeit aufgenommen worden zu sein.

»Es ist in Ordnung, Torcall. Er hat mir nicht wehgetan.«

»Massie!«, donnerte Marcas´ Stimme aus der Halle.

Torcall wirbelte herum.

»Ich möchte dich kurz in meiner Kabinettstube sehen.«

Torcall vollführte eine kleine Verbeugung vor Riley. »Ich muss gehen.«

Riley kaute an der Innenseite ihrer Wange. Sie war sich unsicher, was die Ereignisse des heutigen Abends bedeuteten. Nach Torcalls Weggang fühlte sie sich allerdings einsamer denn je. Auch wenn sie das Bedürfnis hatte, hinter ihm herzurufen, hatte sie keine Ahnung, was sie sagen sollte. Schließlich konnte sie schlecht von ihm verlangen, ihr zu gestehen, was er für sie empfand. Und genau das wollte sie wirklich wissen.

Bestand noch Hoffnung, oder musste sie davon ausgehen, für immer allein zu bleiben?

KAPITEL SECHS

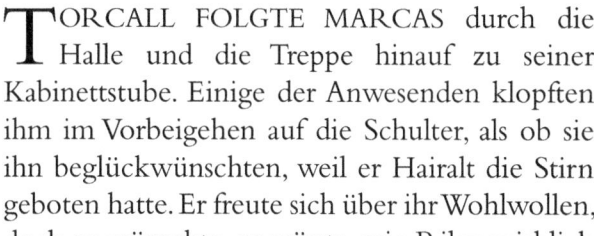

TORCALL FOLGTE MARCAS durch die Halle und die Treppe hinauf zu seiner Kabinettstube. Einige der Anwesenden klopften ihm im Vorbeigehen auf die Schulter, als ob sie ihn beglückwünschten, weil er Hairalt die Stirn geboten hatte. Er freute sich über ihr Wohlwollen, doch er wünschte, er wüsste, wie Riley wirklich über sein Eingreifen dachte.

Als er die Tür zur Kabinettstube hinter sich schloss, überraschte es ihn, Brigid neben Marcas sitzen zu sehen.

»Mylady«, begrüßte er und verbeugte sich leicht vor ihr.

»Setz dich, Torcall«, befahl Marcas.

Er tat, wie ihm geheißen, und dann wartete er ab. Nicht Marcas sprach ihn zuerst an, sondern Brigid. »Torcall, bitte sag so etwas nie wieder.«

Völlig entgeistert blickte er ratsuchend zu Marcas. »Mylady? Was habe ich gesagt, um Euch zu verärgern?«

Marcas lächelte und stieß schließlich ein Kichern aus, als er seine Frau ansah, die ihm schnell spielerisch auf den Arm schlug. »Das ist nicht lustig, Ehemann.«

Marcas blickte wieder zu Torcall, der immer noch verwirrt war. »Torcall, Logan Ramsays liebster Ausspruch besteht darin, jemanden zu bezichtigen, Brigids Mutter angefasst zu haben.« Jeder kannte Brigids Eltern, Logan und Gwyneth, die einst als Spione für Schottland tätig gewesen waren. Logan war ein leidenschaftlicher Schwertkämpfer und Bogenschütze, während ihre Mutter den Ruf innehatte, die beste Bogenschützin im ganzen Land zu sein. Besser noch als ihr Vater.

»Weißt du, wie viele Menschen er bedroht hat, weil sie meine Mutter angefasst haben? Und das aus nichtigem Grund.« Tränen umflorten ihre Augen. »Ich bin mir nicht sicher, warum das so ist, aber du hast genau wie mein Vater geklungen.« Ihr Gesicht wurde blass und sie hielt den Blick auf ihre Hände im Schoß. Er wusste, dass Logan Ramsay eine starke Persönlichkeit war, aber fürchtete seine eigene Tochter sich vor ihm? Er wusste nicht, was er sagen sollte, aber zum Glück nahm ihm das Schicksal diese Aufgabe ab.

Ehe er sich versah, stieß Brigid einen heulenden Ton aus und begann zu schluchzen, wobei sie den Kopf zurückwarf, als ob sie große Schmerzen hätte. »Ich will Papa. Ich vermisse ihn.«

»Du kannst jetzt gehen«, meinte Marcas an Torcall gerichtet. »Ich bin froh, dass du Hairalt in die Schranken gewiesen hast, aber das konnte ich dir draußen nicht sagen. Du hast die Befugnis, die notwendigen Maßnahmen zu ergreifen, um ihn auch in Zukunft zu disziplinieren. Geh, während ich meine Frau beruhige. Sie ist sicher kurz vor dem Ende der Schwangerschaft.« Marcas streichelte ihr liebevoll über ihren wohlgerundeten Bauch.

Brigid wimmerte etwas lauter, sodass Torcall sich auf die Tür zubewegte, während Marcas aufstand, seine Frau in die Arme hob und sie auf seinen Schoß setzte. »Schh. Dein Vater wird früh genug mit deiner Mutter hier sein. Sie werden die Geburt unseres Kindes nicht verpassen ...«

Torcall ging hinaus und leise schloss er die Tür hinter sich, um sich dann den Schweiß von der Stirn zu wischen.

Was nun? Er blickte von der Galerie in die Halle hinunter und musterte jedes Mitglied des Haushalts der Burg. Weder Hairalt noch Riley waren zum Festmahl zurückgekehrt.

Sein Instinkt sagte ihm, Hairalt zu suchen und sich zu vergewissern, dass er keine anderen Mädchen belästigte. Oder sollte er womöglich Riley folgen? Natürlich nur, um sie vor Hairalt zu beschützen.

Oder vor jedem anderen Mann, der es wagte, Rileys Lippen so anzustarren, wie Hairalt das gewagt hatte. Er fuhr sich mit der Hand durch das Haar und zupfte, als er daran dachte, auf welche Weise der Schurke sein Mädchen angeschaut hatte.

Sein Mädchen.

Doch sie war nicht die seine. Nie hatte er mehr Worte mit Riley gesprochen, als die Pflicht gebot, und ihr auch nie gesagt, dass er sie für das schönste Mädchen auf der Burg hielt und er sie gerne besser kennenlernen würde. Er fragte sich, wie er das anstellen sollte. Vielleicht sollte er mit Tara sprechen, da ihre Eltern nicht hier waren. Oder wäre es besser, wenn er sich direkt an Riley wandte, und sie so wie Hairalt es getan hatte, zu einem Spaziergang einlud?

Sein Blick landete auf einem Paar nach dem anderen – Tara und Shaw, Jennet und Ethan und noch weitere. Dies war eine Zeit, in der sein Mangel an einer Liebsten besonders schwer war. Mit Ausnahme einiger weniger Einzelgänger schienen alle mit jemandem verbunden zu sein. Torcall war immer einer von ihnen gewesen. Sogar mit Violet hatte er nicht den Mut aufgebracht, sie direkt anzusprechen, sondern er hatte ihr mysteriöse Geschenke gemacht und gehofft, sie würde herausbekommen, dass sie von ihm stammten. Er hatte einfach überhaupt keine Ahnung, wie man eine junge Frau umwarb.

Indem er hier allein herumstand, würde er überhaupt nichts erreichen. Er ging die Treppe hinunter und kehrte damit zu dem Fest zurück. Dort angekommen suchte er sich einen Platz an der Feuerstelle, um seine Grübeleien fortzusetzen.

Er hatte Marcas und Brigid beobachtet, doch das, was die beiden miteinander getan hatten, würde er nicht als Umwerben erachten. Marcas hatte sie entführt, und zusammen mit ihren Cousinen hatte sie das Rätsel um den Fluch gelöst. Und als dieser geendet hatte, wurde Marcas beobachtet, wie er Brigid beinahe endlos küsste, bis ihr Vater angekommen war und gedroht hatte, Marcas die Hoden abzuschneiden.

Ethan und Jennet waren so diskret gewesen, dass er das Interesse noch nicht einmal bemerkt hatte, das die beiden ineinander bekundeten, bis sie ihre bevorstehende Hochzeit ankündigten. Ethan hatte einen Ort arrangiert, wo er sich immer mit Jennet treffen konnte, ohne dass jemand dahintergekommen war. Torcall wollte ihrem Beispiel nicht folgen.

Shaw und Tara? Ihre Beziehung schien sich auf dem Pferderücken abzuspielen, denn die beiden ritten immer wieder zwischen den Mathesons und Camerons und der Feenschlucht hin und her. Natürlich war ihm entgangen, was sich auf Cameron Land zutrug. Doch bevor er etwas erfuhr, hatten die beiden schon ihre bevorstehende Heirat angekündigt.

Wen also könnte er um Rat fragen? Wie er doch wünschte, dass sein Vater hier wäre. Seine Mutter hatte ihre Trauer über den Verlust ihres Ehemannes und ihrer Tochter noch nicht abgelegt, also konnte er sich nicht an sie wenden. Sie wäre überglücklich, wenn er heiraten würde und ihr Enkelkinder schenkte, aber wie er so weit kam, musste er zuerst einmal herausfinden.

Shaw und Tara erschienen plötzlich vor ihm und schreckten ihn aus seinen Gedanken auf. Sie hatten den Gesichtsausdruck von Menschen, die gerade Honig aus einem Topf genascht hatten – viel zu süß.

»Seid gegrüßt«, meinte er zu ihnen und seine Augen verengten sich vor Argwohn. Er betrachtete Shaw auf der Suche nach irgendeinem Anzeichen, was dieser dachte. Dann schaute er zu Tara und erkannte ihr zufriedenes Lächeln. Sie bewegte die Lippen und hielt zweimal inne, ehe sie es fertigbrachte, die Worte herauszubringen.

»Torcall, ich habe … nein wir haben bemerkt, dass du auf meine Schwester aufpasst, und das wissen wir zu schätzen, aber vielleicht …« Sie räusperte sich und blickte zu Shaw, als ob sie seine Hilfe bräuchte.

»Bring Riley in die Feenschlucht zurück«, meinte Shaw.

Torcall konnte nicht erstaunter sein. »Warum? Hat sie um eine Rückkehr gebeten?«

»Nein«, entgegnete Tara. »Aber sie hat mir auch nicht gesagt, was sie dort gesehen hat, und ich weiß, dass sie etwas gesehen hat. Es ist höchst ungewöhnlich für sie, mir nicht alles zu erzählen. Ich denke, sie braucht eine Erinnerung.«

»Mit Freuden würde ich sie zurückbringen, aber nur, wenn das ihr Wunsch ist«, entgegnete er.

Taras Gesicht wurde so ernst, wie er es noch nie gesehen hatte. »Morgen früh, wenn die Sonne aufgegangen ist, wird sie dich im Hof treffen. Wir werden auch dort sein.«

Torcall hatte das ungute Gefühl, dass dies nicht der romantische Ausflug sein würde, auf den er gehofft hatte. Er sollte ihn besser fürchten, obwohl er sich nicht vor etwas fürchten konnte, das ihn Riley näherbrachte. Ein Name ruinierte die Aussicht auf einen Ritt mit Riley zur Feenschlucht.

Violet.

Wie er betete, dass Riley niemals die Wahrheit über Violet herausfinden würde. In Wahrheit hatte er dem Mädchen nicht absichtlich etwas angetan, aber er fragte sich, was Violet sagen würde. Würde sie ihm sagen, dass Gott ihn beschuldigte? Oder konnte sie ihm möglicherweise sagen, dass er aufhören sollte, sich selbst zu beschuldigen? Wenn er raten sollte, würde er Ersteres wählen. Gott sieht alles, was du tust, sagte seine Mutter immer. So oder so war es wahrscheinlich das Beste für ihn, dabei zu sein, wenn sie tatsächlich mit Violet sprechen würde.

»Ich werde dort sein«, entgegnete er, »und froh, zu Diensten zu sein.«

Er verabschiedete sich und trat in den Burghof hinaus, denn er war nicht länger in der Stimmung, den Beginn der Weihnachtszeit oder irgendetwas anderes zu feiern. In der kühlen Nacht blieb er stehen, um einmal tief Luft zu holen und einen Blick auf die Sterne zu werfen, ehe er entschied, zum Häuschen seiner Mutter zu gehen, anstatt die Nacht im Quartier der Wachen zu verbringen. Sie lebte in einer der vielen Hütten hinter der Burg. Sie lagen weiter von der Bucht entfernt, für den Fall, dass heftige Regenfälle einsetzten und zu Überflutungen führten.

Es überraschte ihn nicht, sie wach zu finden, und in einen Becher Honigwein zu starren, und er hoffte, dass dies ein Zeichen wäre, dass sie für eine Unterhaltung offen sei.

»Guten Abend, Mama. Bist du wohlauf?«

»Aye. Komm und setz dich zu mir, Torcall. Du bist so von deinen Pflichten als Wachmann in

Anspruch genommen, dass wir kaum noch Zeit finden, uns zu unterhalten. Ich bin so dankbar, dass du hier bist.« Tränen schimmerten in ihren Augen, aber der tat so, als würde er keine Notiz davon nehmen. Seufzend ließ er sich in einen Stuhl sinken und nahm den Becher Honigwein entgegen, den seine Mutter ihm reichte. »Bist du hungrig, Junge?«

»Nein.«

»Irgendetwas beschäftigt dich. Was ist es?«

»Nichts«, entgegnete er und nun, da er hier war, wollte er nicht über seine Sorgen reden. Aber seine Mutter hatte ihn schon immer durchschaut.

»Du hast das Alter erreicht, in dem ein Mann sich mehr in seinem Leben wünscht. Torcall, du musst eine Frau finden, die du heiraten willst. Eigene Kinder bekommen. Hast du noch nicht an jemanden gedacht? Ich weiß, dass es nach dem Fluch schwierig war, doch das liegt lange Zeit zurück. Sicherlich gibt es eine junge Frau hier, die dir gefällt. Gott würde dich glücklich verheiratet sehen wollen. Er beobachtet dich immer.«

»Mama, ich weiß, dass du all das über Gott glaubst, und er alles beobachtet. Er schaut dir immer über die Schulter, aber ich wünschte, du könntest aufhören, mir deinen Glauben aufzuzwingen.«

»Torcall, warum sagst du so etwas?« Ihre Stimme sank zu einem Flüstern. »Still. Er kann dich hören.«

»Weil ich vielleicht nicht alles glaube wie du.

Glaube, was du willst, aber versuche mir deinen Glauben bitte nicht aufzuzwingen.«

»Ich werde mein Bestes tun, aber du weißt, wie ich fühle. Aber du musst trotzdem heiraten – für dich selbst, wenn nicht für Gott.«

»Ich würde nicht wissen, wie ich es anstellen soll.« Vielleicht war es an der Zeit, jemanden zu fragen. »Es gibt ein Mädchen, aber ich weiß nicht … Wie umwirbt man ein Mädchen, wenn der Vater nicht da ist, um mit ihm zu sprechen?«

»Dein Herz wird es dir sagen, mein Sohn. Es wird passieren. Ich habe deinen Vater kennengelernt und bevor ich mich versah, hatte er mir, hinter einem Baum versteckt, Küsse gestohlen.« Sie lächelte, als ihre Erinnerung zu besseren Zeiten zurückkehrte. »Aber bald darauf hat er meinen Vater um Erlaubnis gebeten. Wenn du nicht sicher bist, dann frag Alvery oder Shaw oder sogar Marcas. Er respektiert dich sehr, weil du so stark und unerschütterlich bist.«

Er nickte. Sie hatte ihm viel zum Nachdenken gegeben.

Es klang, als ob das, was seiner Mutter passiert war, gerade mit Riley geschehen war, allerdings mit einem anderen Mann – Hairalt.

War er zu spät?

KAPITEL SIEBEN

EHE SIE DAS Vorweihnachtsfest verließ, hatte Riley zugestimmt, zur Feenschlucht zurückzukehren, aber nur, weil ihre Schwester ihre Weigerung nicht akzeptieren wollte.

Und mehr als einmal hatte sie versucht, abzulehnen. Obwohl Tara ganz mit dem Verbrennen des Cailleach Scheits beschäftigt war, um die Kälte des Winters zu vertreiben, hatte sie darauf beharrt, Riley zu überzeugen, dass sie zur Feenschlucht zurückkehren musste.

An einer Stelle sagte sie: »Tara, vergiss die Feen und konzentriere dich auf den Winter, den die alte Frau uns bringt. Wirf das Cailleach Scheit ins Feuer und vergiss die Schlucht.«

Tara war beharrlich geblieben.

»Wenn du eine Beziehung mit Torcall haben willst, musst du ihn jeden Tag sehen. Ich sage dir, dass dies der einzige Weg ist. Abgesehen davon hast du mir nie etwas von deinem letzten Ausflug zur Feenschlucht erzählt. Was hast du in deiner Vision gesehen und warum hast du Torcall gesagt, es sei um ihn gegangen?«

Riley kaute auf der Innenseite ihrer Wange,

aber es fiel ihr keine vernünftige Lüge ein und so entschied sie sich für die Wahrheit, da es wahrscheinlich das Beste sein würde. »Es war ein Mädchen, das Torcall einmal kannte. Sie sagte, sie sei während des Fluchs gestorben. Das ist alles, was ich weiß.«

»Warum ist sie dir erschienen?«

Riley seufzte nur und schüttelte den Kopf. Warum wollte ihre Schwester immer alles über ihre Visionen erfahren? Tara hatte ein erstaunliches Gespür, Einsichten in Rileys Visionen zu erfassen. Es war, als stünden die beiden Schwestern wirklich in enger Verbindung.

»Was ist ihr Problem, Riley? Bitte sag es mir.«

»Es gibt kein ernstes Problem, von dem ich wüsste. Sie hat ihren Tod nicht erwähnt. Sie wollte mit Torcall sprechen. Ich erinnere mich nicht an ihren Namen.« Riley hoffte, sie würde mit dieser kleinen Lüge davonkommen. Es bestand keine Notwendigkeit mehr mitzuteilen, bis sie wieder bei der Feenschlucht angekommen wären, und Torcall sollte entscheiden dürfen, wieviel von der Botschaft der Besucherin mit Tara oder irgendjemandem sonst geteilt würde. Torcall würde die Wahrheit hören, ob er wollte oder nicht. Danach lag es an ihm.

Seit sie ‚Gute Nacht‘ gesagt hatte, war sie ihrer Schwester aus dem Weg gegangen, bis sie Shaw und Torcall im Hof zu dem mittäglichen Ausflug traf.

Nun näherten sich die vier, plus einem kleinen Kontingent von Wachen, der Feenschlucht zu Pferd und Rileys Magen krampfte sich vor Angst zusammen. Sie würde mehr über die mysteriöse Violet in Erfahrung bringen. Sie hätte einen der Mathesons über die junge Frau ausfragen können, aber aus irgendeinem Grund wollte sie nichts über sie wissen.

Ihr erster Eindruck von dem Mädchen hatte ihr ein schlechtes Gefühl bereitet, also hatte sie geschworen, nichts mehr zu sagen, bis sie sich nochmals getroffen hatten.

Die Feenschlucht befand sich in Rosemarkie, und es war eine schöne, bewaldete Schlucht etwas landeinwärts vom Küstenweg. Riley mochte sie, weil es dort normalerweise üppig grün war. Die Winterlandschaft war ganz anders und ließ das Flüstern der Winde durch die Kiefern zu. Sie zog ihren Schal fester um den Hals und der Wind bahnte sich seinen Weg in ihren Umhang.

Sie war gespannt, was sich heute in der Feenschlucht zeigen würde. Hier gab es zwei Wasserfälle, und in beiden Arealen hatte Riley Geister angetroffen. Würde Violet wiederkehren? Je näher sie kamen, umso stärker rumorte ihr Magen, weil es hier um Torcall ging.

Dort angekommen, saßen Torcall und Shaw ab. Shaw gab den anderen Wachen Anweisungen, nachdem er seiner Frau geholfen hatte, während Torcall Riley vom Pferd half. Sie lächelte, ohne jedoch etwas zu sagen, und sie spürte die Anspannung in Torcalls Körper, denn seine Arme waren steif, als er sie auf dem Boden absetzte.

»Torcall, es wird alles gut.« Sie blickte zu ihm auf und war überrascht, die Sorge in seinen Augen wahrzunehmen.

Sein Kiefer spannte sich bei ihren Worten an, und damit wusste sie, dass diese Erinnerungen keine guten für ihn waren. Was war zwischen Violet und Torcall vorgefallen? Sie war nicht sicher, ob sie das wirklich wissen wollte, doch für eine Umkehr war es zu spät.

Dann schlugen sie den Weg zum ersten Wasserfall ein.

Rileys Schwester hielt sich dicht an ihrer Seite, als sie die Vierergruppe zum Wasserfall führte, wo sie den Geist der Toten erwartete, die nicht zur Ruhe kamen.

»Würdest du sie heute bitte nach ihrem Namen fragen?« Tara warf ihr diesen Blick der älteren Schwester zu, der so viel hieß wie, weil ich es dir sage. Vor langer Zeit schon hatte Riley gelernt, diesen Blick zu erkennen. Sie liebte ihre Schwester, aber auch ihre Schwester war mit Fehlern behaftet. Neugier war einer davon, insbesondere im Hinblick auf Rileys besondere Fähigkeiten.

Shaw nahm seinen Platz auf der einen Seite von ihr ein, während Tara auf der anderen Seite stand. Beide starrten auf den Wasserfall vor ihnen, das gurgelnde Geräusch war in ihrer Vorstellung genauso faszinierend wie der Anblick. »Komm hier rauf, Massie«, rief Shaw zurück.

Am Rande der Lichtung war Torcall stehen geblieben, ohne dass Riley es bemerkt hatte. Nun ging er mit langsamen Schritten, während sein Blick erst zu Riley huschte, dann um die Schlucht herum und wieder zurück zu Riley.

»Du hast doch nicht etwa Angst vor der

Schwester meiner Frau, oder?«, fragte Shaw mit einem Lachen.

»Nein. Aber ich sollte auf Patrouille sein und dafür sorgen, dass sich niemand anschleicht. Ich werde die Gegend zu Fuß patrouillieren, während die anderen Wachen zu Pferd auf Patrouille sind.« Er schritt davon, während die anderen drei ihm keine Beachtung mehr schenkten.

Eine jähe Brise erfasste Rileys Haar und blies es ihr aus dem Gesicht. Die Winterluft wärmte sie, als hätte eine uralte Seele sie in einen dicken Pelz gehüllt. Oft dachte sie, diese Empfindungen würden sie aufnahmefähiger und angenehmer machen oder vielleicht einfach ihre Gabe stärken. Ihr Körper vibrierte von einer unsichtbaren Kraft, ihre Arme streckten sich vom Körper weg und ihr Kopf hob sich. Kurz vor dem Erscheinen der gefangenen Seele spürte sie eine Aura um sich herum.

Eine Frau trat hinter dem Wasserfall hervor. Sie war eine Schönheit mit flammend rotem Haar, wie Riley es noch nie gesehen hatte. Es fiel ihr in Kaskaden bis zur Taille, und besaß einen Rotton wie poliertes Kupfer mit dunkleren weinroten Strähnen, die mit den helleren verwoben waren. »Bitte sag Torcall, dass er bleiben muss.« Die Rothaarige blieb am Rande des Wassers stehen. Vielleicht bildete das Ufer des Gewässers eine Grenze zwischen den Welten. »Ich muss mit ihm sprechen.«

»Wer bist du?«, fragte Riley flüsternd.

»Ist jemand hier?«, fragte Tara, die die Hand ihrer Schwester festhielt und auf den Wasserfall starrte, als ob die Erscheinung sich ihr offenbaren würde, wenn sie genauer hinsah.

»Ja, aber bitte lass mich in Ruhe. Durch Anstarren wird sie nicht erscheinen. Deinem Gesichtsausdruck entnehme ich, dass du sie nicht sehen kannst.« Ihr Blick wanderte von Tara zu Shaw und fiel dann auf Torcall, der auf ihre angedeutete Frage hin verneinend den Kopf schüttelte.

»Das kann ich nicht«, antwortete Tara und sah ihren Mann an.

»Nein, das können wir nicht. Jemand, den wir kennen? Jemand aus dem Matheson Clan?«

»Eine schöne Frau mit langem, rotem Haar, das ihr bis zur Taille reicht.«

Shaw drehte sich um und richtete den Blick auf Torcall.

»Wer bist du?«, wiederholte Riley ihre Frage dieses Mal vernehmlicher. »Ich muss deinen Namen wissen, wenn du so freundlich wärst. Wie lautet deine Botschaft?«

Die Frau lächelte. »Die Botschaft ist für meinen lieben Freund Torcall, und etwas, das er hören muss. Es ist wichtig, aber ich weiß, dass er alles leugnen wird. Du musst ihn überzeugen. Er muss selbst entscheiden, was er tun will, aber das wird er, wenn er die Wahrheit erfährt.«

Riley sah Torcall an. »Die Botschaft ist für dich, Torcall. Sie sagt, die Wahrheit wird dir helfen, eine Entscheidung zu treffen.«

»Was sagt sie?«, fragte Torcall flüsternd.

»Mein Name ist Violet«, antwortete der Geist, »und die Wahrheit ist nicht das, was er denkt.«

Riley fing an, die Nachricht weiterzugeben. »Sie sagte, ihr Name sei Violet und …«

Der Rest der Nachricht ging in Torcalls Protest unter. »Nein! Jemand hat diese Geschichte erfunden und sie dir untergejubelt, Riley. Es gibt dort niemanden. Glaube ihr nicht, Shaw. Ich weigere mich, noch mehr davon zu hören. Ihr habt alle euren Verstand verloren. Sie kann nicht mit den Toten sprechen. Keiner von uns kann das.« Er klang entsetzt, mehr als ungläubig. Riley erkannte in ihm kaum den starken, ruhigen Wachmann wieder, auf den sie sich verlassen konnte, seit sie hier war. Er marschierte von dem Wasserfall weg und rief zum Schluss über die Schulter. »Du hast den Verstand verloren, Riley Cameron!«

KAPITEL ACHT

RILEY KEUCHTE BEI Torcalls Ausbruch auf. So etwas hatte sie noch nie zuvor erlebt. Andere hatte sie bezichtigt, schwachsinnig zu sein und sich Geschichten auszudenken, und eine Person hatte sie einst beschuldigt, sich mit dem Erzählen ihrer Geschichten auf Festen zu bereichern.

Doch von Torcall hatte sie das nie erwartet.

Langsam drehte sie sich wieder zu der liebreizenden Frau vor ihr um. »Entschuldigung, aber ich glaube nicht, dass Torcall hören möchte, was du zu sagen hast. Ich habe ihn noch nie so aufgebracht erlebt.«

»Nein, das habe ich auch nicht. Ich habe zu Lebzeiten dem Matheson Clan angehört. Shaw wird von mir wissen. Aber das tut wenig zu Sache. Du musst Torcall sagen, dass er nichts mit meinem Tod zu tun hatte. Dieser Glaube verfolgt ihn und hält ihn vor Schuldgefühlen jede Nacht wach.«

»Ich verstehe nicht.« Sie hatte keine Ahnung, dass Torcall den Tod eines anderen Mädchens auf seinen Schultern lasten hatte. Sie wünschte sich, dem Mädchen eine letzte Frage zu stellen, doch damit würde sie Shaw und Tara auf die Worte des Geistes aufmerksam machen. Diese würde sie nicht preisgeben.

»Er denkt, das Wasser, das er mir von der Quelle geholt hatte, als diese vergiftet war, hätte mir den Tod gebracht. Aber er weiß nicht, dass ich schon krank war. Ich hatte bereits genügend von dem vergifteten Wasser zu mir genommen, um damit mein Leben zu beenden. Ich muss ihm sagen, dass er nichts damit zu tun hat. Er denkt, Gott wird ihn dafür bestrafen und Gott wird das nicht tun. Ein anderer junger Mann, der kurze Zeit nach mir starb, war derjenige, der mir von der vergifteten Quelle zu trinken gegeben hat. Ich liebte ihn innig und nun sind wir für alle Ewigkeit zusammen, aber ich muss dieses Band lösen, das mich in der Welt der Lebenden hält.«

»Welches Band?«

»Torcalls Schuld und sein falscher Glauben an die Ereignisse. Ich muss ihn befreien, um mich selbst zu befreien. Ich hatte Torcall nichts von meinem Liebsten gesagt, also besuchte er mich und half mir mit meinen Aufgaben, wozu auch gehörte, mir Wasser zu meinem Häuschen zu bringen. Aber ich war schon krank, bevor er kam. Ich habe es nur nicht gezeigt. Torcall hat mich nicht krank gemacht. Es war Nils.«

Riley wollte all das, was sie zu sagen hatte, gar nicht hören. Hatte Torcall diese andere Frau geliebt?

»Ich kann deine Gedanken lesen. Ich glaube nicht, dass er mich geliebt hat, aber er hatte

Interesse an mir bekundet und gesagt, er würde mir den Hof machen, sobald ich den Fluch überwunden hätte. Ich habe mich aber nie erholt. Ich bin von dem Wasser gestorben, das Nils mir in einem Eimer gebracht hatte. Nicht Torcalls.«

Riley drehte sich zu Shaw. »Kanntest du eine junge Frau namens Violet?«

»Aye«, entgegnete Shaw und nahm Taras Hand zwischen seine beiden. »Sie ist während des Fluchs gestorben. Auf gleiche Weise wie die anderen. Es war kein Unterschied. Torcall hatte Interesse an ihr, aber die meisten hatten vor ihrem Tod nichts davon bemerkt. Was sagt sie? Warum hat Torcall so merkwürdig reagiert?«

»Ihre Botschaft ist für Torcall. Vielleicht hat ihm das Angst gemacht. Vielleicht glaubt er wirklich nicht, dass ich mit den Toten sprechen kann.« Die Unterstellung keimte auf, die er während seines Ausbruchs geäußert hatte. »Wenn er glaubt, dass ich verrückt bin, wird er nicht in meine Nähe kommen wollen.« Sie warf ihrer Schwester einen traurigen Blick zu und sie wusste, dass diese genau verstand, was sie meinte.

Tara war ein bisschen zu offen. »Vermutlich wirst du keine Beziehung zu einem Mann aufbauen, der dich für verrückt hält.«

Riley starrte in der Hoffnung zum grauen Himmel auf, die Tränen damit zurückzuhalten, damit sie nicht auf ihrer Wange landeten. Wenn sie zuließ, dass auch nur eine fiel, würden viele weitere folgen.

»Du hast recht, Tara. Es gibt keinen Grund für mich, zu bleiben.« Sie wirbelte auf dem Absatz herum und machte sich wieder zu ihren Pferden auf. »Dann kann ich auch genauso gut nach Hause zurückkehren.« Aber nicht bevor sie Torcall die Nachricht von Violet mitgeteilt hätte.

Von der Frau, die er liebte.

Kein Wunder, dass Torcall kein Interesse an ihr gezeigt hatte. Er liebte eine andere, eine die nie zurückkehren würde. Seine allererste Liebe.

»Du kannst dir zumindest anhören, was der Geist zu sagen hat«, rief Tara hinter ihr her. »Dann kannst du entscheiden, ob du Torcall ihre Botschaft weiterleiten möchtest.«

Riley schaute Tara an, damit diese sah, wie sie die Augen verdrehte. Sie stemmte die Hände in die Hüften. »Das ist unmöglich.«

Tara schaute zu Shaw hinüber und zuckte die Schultern. Shaw schüttelte den Kopf und schien ebenso verdutzt. »Warum?«, fragte sie Riley.

»Weil sie bereits fort ist. Ein abwesender Geist kann mir gar nichts sagen.« Sie musste Torcall einholen und versuchen, es ihm zu erklären. Sie würde Violets Kommentare gegenüber niemandem außer ihm enthüllen, bis er ihr seinen Segen gab. Das zumindest schuldete sie ihm.

Als sie bei den Pferden ankam, war sein Reittier bereits verschwunden.

Torcall war nirgends zu sehen.

Wenn Violet im Begriff war, Riley zu erzählen, wie er sie umgebracht hatte, würde er nicht daneben stehen und zuhören. Vielleicht könnte er Riley überzeugen, sein Geheimnis zu wahren. Er liebte es, Teil des Matheson Clans zu sein und er verspürte keinerlei Wunsch irgendwo anders zu leben.

Schnell stieg er auf und gesellte sich zu den anderen auf Patrouille. Er wollte nicht beschuldigt werden, seinen Posten verlassen zu haben oder seinen Pflichten nicht nachgekommen zu sein. Warum er die anderen drei auf der Lichtung zurückgelassen hatte, sagte er nicht.

Shaw, Riley und Tara fanden sie etwas später und er führte die Gruppe nach Eddirdale Castle zurück, wobei der Ritt angenehm, aber recht schweigsam verlief. Sobald sie angekommen waren und die Gruppe sich verstreut hatte, führte Torcall die Pferde zu ihren Boxen im Stall zurück.

Zu seiner Überraschung folgte Riley ihm und winkte ihrer Schwester, damit diese ohne sie zum Hauptturm weiterging.

»Wenn du deine Pflichten erledigt hast, würde ich gern ein Wort mit dir wechseln.«

Torcalls Magen krampfte sich zusammen, doch er setzte seine Arbeit fort und öffnete eine Stalltür, um ein Pferd hineinzuführen, ehe er vorgab, das Tier zu striegeln. Er konnte Riley nicht in die Augen schauen.

»Nur zu. Sag, was du mir über Violet sagen willst. Aber nur zwischen uns beiden. Das ist meine einzige Forderung.« Er hielt den Kopf in der Hoffnung gesenkt, dass sie ihm die Wahrheit sagen würde und ihn dann in Ruhe ließe. Wenn nötig, würde er sie bitten, die Wahrheit gegenüber Marcas nicht zu erwähnen. Er wollte

nicht aus dem Matheson Clan ausgestoßen
werden.

Oder von jemandem wie Hairalt verurteilt
werden.

Riley trat an eine Stelle, von der aus sie ihn
sehen konnte, obwohl er sich wünschte, sie würde
das nicht tun. Er nickte ihr zu, als ob er ihr sagen
wollte, fortzufahren.

Riley verschränkte die Hände vor sich und
dieser Akt verlieh ihr das Aussehen eines Engels
mit ihrem blauen Reitgewand, das ihre Kurven
an genau den richtigen Stellen umschmiegte.
Seine Gedanken über sie waren kaum engelhaft,
aber er konnte sich nicht beherrschen. Sie war
so wunderschön, dass er kaum an etwas anderes
denken konnte.

»Sie sagte, du hättest es nicht getan.«

Der Striegel fiel klappernd zu Boden. Er
beugte sich, um ihn aufzuheben und die Worte
in seinem Kopf zu verarbeiten und sich zu
überlegen, wie er antworten könnte, ohne dabei
schuldig auszusehen. »Was genau habe ich nicht
getan? Und wer ist sie?«

»Violet. Sie sagte, du hättest ihr nicht das
Wasser vom Brunnen gebracht, das sie krank
gemacht hat. Vor deinem Besuch war Nils bei
ihr gewesen und er hatte ihr zuerst von dem
vergifteten Wasser gebracht. Sie hatte Nils geliebt,
aber dir nichts davon gesagt.«

Er trat näher und legte den Striegel auf das
Bord neben der Box. Er musste sich versichern,
dass er alles richtig verstanden hatte. »Sie hat was
gesagt?«

»Sie sagte, Nils sei der Mann gewesen, den sie geliebt hatte und dass er der Mann war, der ihr das vergiftete Wasser gebracht hat. Die beiden hatten einen Becher davon getrunken, bevor du gekommen bist, um ihr einen Besuch abzustatten. Sie weiß, dass du dich schuldig fühlst, aber das musst du nicht. Es war Nils, der ihr das vergiftete Wasser gegeben hatte.«

»Nils?« Er konnte nicht glauben, was sie da sagte, aber wie er sich wünschte, es wäre wahr. Er würde sich zwingen, es zu glauben und aufhören, darüber nachzudenken, was er für die Wahrheit hielt.

»Aye, Nils war ebenso krank geworden. Sie hatten aus demselben Becher getrunken und sind kurze Zeit hintereinander gestorben. Aber sie sagte, sie wüsste, dass du dich schuldig fühlst, und sie muss dich von deiner Schuld befreien. Es bindet sie an die Welt der Lebenden und sie möchte weiterziehen, wo sie mit ihrer Liebe in völliger Freiheit sein kann.«

Und einfach so, veränderte sich seine Welt.

Jeden Tag, wenn er aufwachte, jede Nacht, nachdem er die Augen auf seiner Pritsche zugemacht hatte, waren seine Gedanken um die süße Violet gekreist, die vielleicht noch leben würde, wenn er ihr nicht das Wasser aus der vergifteten Quelle geholt hätte, von der er gedacht hatte, sie würde besseres Wasser haben als der Bach hinter ihrem Häuschen. Am nächsten Tag hatten sie erfahren, dass der Bach die Quelle der Ursache für die Krankheit im Clan war. Marcas hatte gesagt, niemand solle von der Quelle trinken oder er müsste mit den Konsequenzen seiner Handlungen rechnen. Handlungen, die als Mord bezeichnet werden konnten, wenn sie absichtlich erfolgten.

Doch nun war alles anders.

Er wünschte sich, Riley für die Information zu umarmen, die sie ihm geschenkt hatte, doch er hielt sich zurück. Wenn da nicht Shaws Erzählungen wären, wie Riley ihnen geholfen hatte, die Wahrheit über den Betrug des MacKinnie Clans ans Licht zu bringen, könnte er sich vielleicht fragen, ob Riley tatsächlich tun konnte, was sie behauptete.

Doch diese Botschaft bewies ihre Fähigkeit, mit denen zu sprechen, die von dieser Welt gegangen waren. Niemand wusste, dass er Violet das Wasser gegeben hatte. Es musste Violet gewesen sein, die es ihr verraten hatte.

Die Bürde von Schuld und Bedauern, und seinem Wunsch, er könnte das Wasser zurücknehmen und es ins Meer kippen, wo es niemandem schaden konnte, und all diese dunklen Gedanken schwanden aus seinem Verstand, als würde ein reinigender Regenschauer alles von seinen Schultern waschen. Er drehte sich von Riley weg, damit sie die Erleichterung auf seinem Gesicht nicht sehen konnte, und er lehnte den Kopf an den Hals des Pferdes.

Er betete, dass sie die Tränen nicht sehen würde, die ihm über die Wangen rannen.

»Hast du sie geliebt, Torcall?«

So viele Gedanken wirbelten ihm durch den

Kopf, dass er Rileys Frage kaum hörte. Als er sich umdrehte, um ihr zu antworten, war sie schon fort.

KAPITEL NEUN

TORCALLS UNVERMÖGEN ZU antworten, war für Riley Antwort genug. Er hatte Violet geliebt. Violet hatte seine Gefühle nicht erwidert, was aber nicht bedeutete, dass sich etwas an seinen Gefühlen änderte.

Manche Menschen glaubten, man würde nur einmal im Leben lieben, und dass jede Person einen einzigen Seelenpartner hatte und niemals einen anderen lieben könnte.

Wünschte sie sich Torcalls Liebe, wenn in Wahrheit seine Seelenpartnerin gestorben war? Würde er sie aufrichtig lieben? Sie wünschte sich, die erste in Torcalls Gedanken zu sein.

Würde es genügen, seine zweite Wahl zu sein?

Sie wusste es nicht.

Als sie ihren Weg zum Hauptturm entlangging, kam ein Mann mit einem Strauß Wintergrün in der Hand auf sie zu gerannt.

Hairalt.

Sie seufzte, denn sie war im Moment nicht bereit, ihn zu sehen, aber unfähig, ihm aus dem Weg zu gehen.

Er blieb vor ihr stehen und vollführte eine perfekte Verbeugung vor ihr, wobei er ihr das Bouquet aus duftenden Tannen, Stechpalme und roten Beeren entgegenhielt. »Für dich, bezaubernde Dame.«

Riley zwang sich zu einem Lächeln und nahm die Blumen entgegen. »Sie sind wunderschön, Hairalt. Ich danke dir sehr.«

»Ihre Schönheit verblasst im Vergleich zu der deinen. Du bist die allerschönste Maid auf Black Isle. Bitte sag, dass du mir gestatten wirst, dich zum Winterfest in zwei Tagen bei den Miltons zu führen.«

Riley erstarrte und konnte einfach nicht glauben, dass dieser Mann so hartnäckig war. »Hairalt, ich bin im Augenblick wirklich nicht an einer Heirat interessiert. Ich …«

»Heirat? So etwas hatte ich nicht gemeint. Es wäre nur für das Fest. Ich werde dir ein paar schöne neue Bänder kaufen.«

Er berührte ihr Haar und unbehaglich trat sie einen Schritt zurück.

»Du bist ein netter Kerl, Hairalt, aber …« Sie entzog sich seiner Hand und eine kleine Stimme in ihrem Kopf säuselte Er hat dich berührt, er hat dich berührt … Sie wünschte, Torcall wäre hier. Er mochte sie vielleicht nicht auf die Weise mögen, wie sie sich erhoffte, aber er hatte sie auf dem Fest beschützt.

»Ich werde kein Nein von dir akzeptieren. Ich bin übermorgen hier, wenn die Sonne am höchsten steht, um dich zu dem Fest bei den Miltons zu begleiten.«

Und mit diesen Worten war er fort. Sie hatte überhaupt nichts von einem Fest bei den Miltons gehört. Sie würden erfahren haben, wenn Außenstehende willkommen waren.

Riley rieb sich an der Stelle über das Haar, an der er sie berührt hatte, und sie wünschte, einen Weg finden zu können, um sein forsches Benehmen zu stoppen. Männer fassten nicht einfach nach einer Frau und berührten sie, wann es ihnen Spaß machte. Wenn ihr Vater hier wäre, würde er die Sache für sie regeln. Hairalt war attraktiv und muskulös, doch hinter seiner charmanten Fassade verbarg sich etwas Verabscheuungswürdiges. Seit ihrem ersten Austausch auf dem Vorweihnachtsfest hatten ihre Instinkte sie gewarnt, sich vor ihm in Acht zu nehmen, aber ob das nur an dem angeborenen Spürsinn der Frauen oder ihren besonderen Fähigkeiten lag, konnte sie nicht sagen. Was immer sein wahrer Charakter sein mochte, war sie nicht interessiert daran, mehr über Hairalt herauszufinden. Da ihr Vater nicht verfügbar war, sollte er Marcas um Erlaubnis bitten, ihr den Hof zu machen. Warum setzte er sich auf solch verwegene Weise über die Konventionen hinweg?

Sie musste zugeben, dass sie an Torcall Massie weit mehr interessiert war als an Hairalt. Es würde ihr nichts ausmachen, wenn sie Hairalt nie wiedersehen würde.

Sie setzte ihren Weg in Richtung Burg fort und die Erinnerung an seine Weigerung, ihre Absage für das Milton Fest zu akzeptieren, ließ sie die Hände zu Fäusten ballen. Sie musste sich beherrschen, damit sie das wunderhübsche Bouquet nicht fortwarf. Es war nicht die Schuld der grünen Zweige, dass Hairalt sie ausgewählt hatte.

Nichtsdestotrotz war sie nicht an einem Andenken von diesem Mann interessiert, der sich solche Freiheiten herausnahm. Wenn ihr Vater gesehen hätte, wie er sie berührt hat, würde der Dummkopf es nicht wagen, ihr noch einmal zu nahe zu kommen.

Ach, wie sie ihre Eltern vermisste. Sie traf ihre Entscheidung so schnell, dass sie direkt zu ihrer Schwester wollte, und nicht überrascht war, sie mit Brigid und Jennet im Hauptturm plaudern zu sehen. Brigid saß im größten Stuhl der Halle und vielleicht war es der einzige mit genügend Raum für ihren ausladenden Bauch. Sie hatte ein Kissen im Rücken und ihre Füße lagen auf einem Schemel. Jennet stand neben der Feuerstelle, wobei sie beide Hände auf ihren Bauch gelegt hatte, während Tara hinter ihr stand und ihr die Schultern massierte.

»Jennet, bist du krank?«, fragte Riley.

»Nein, ich habe nur einen Knoten in meinem Nacken aber die Finger deiner Schwester sind magisch«, antwortete Jennet mit geschlossenen Augen und einem leisen Murmeln, das ihr über die Lippen kam. »So magisch.«

Tara warf Riley einen Blick zu und fragte: »Was stimmt nicht? Hast du noch einmal mit Torcall gesprochen?«

»Kaum. Die junge Frau aus der Feenschlucht

hieß Violet und er kannte sie, ehe sie von dem Fluch gestorben ist. Mehr will er mir nicht sagen.«

»Wer hat dir den Strauß gegeben?«, fragte Brigid. »Auf der Anrichte, wo die Kelche aufbewahrt werden, steht eine Vase.«

Tara nahm die Vase und füllte sie mit Wasser, wobei sie die Stechpalme für ihre Schwester sorgfältig arrangierte, während Riley sich setzte und ihre Gedanken sammelte, ehe sie sie mitteilte. Sie musste sicher sein, ehe sie die Ankündigung machte. Ihre Schwester würde sich nicht freuen.

»Hairalt hat sie mir gegeben.«

»Ach, das war nett«, meinte Brigid.

»Nein«, gab Jennet mit einem höhnischen Ausdruck zurück. »Dieser Bursche hat immer ein niederträchtiges Ziel. Ich mag ihn nicht. Er hatte einen Grund, dir diesen grünen Strauß zu geben, glaube mir.«

»Aber er ist attraktiv«, hob Brigid hervor.

»Das wiegt seine schlechten Absichten nicht auf.« Riley warf ihren Zopf wie eine Peitsche über die Schulter zurück. Sie mochte Hairalt nicht und nach Torcalls Reaktion im Stall auf die Neuigkeiten über Violet, hatte sie nur wenige Chancen bei ihm. So war es eben. Die drei Cousinen drehten sich alle zu Riley und schauten sie in Erwartung ihres Beitrags an.

»Er hat mich eingeladen, das Milton Fest in zwei Tagen mit ihm zu besuchen.«

Jennet schnaubte und verdrehte die Augen. »Ich wusste es. Ihm kann nicht getraut werden. Er hat Hintergedanken, sage ich euch.«

Brigid schaute zu Tara. »Hat er dich um

Erlaubnis gebeten, Tara? Das sollte er tun, da eure Eltern nicht hier sind. Du bist die einzige enge Verwandte, an die er seine Bitte richten könnte. Er hat, soviel ich weiß, auch nicht mit Marcas gesprochen.«

»Nein, er hat mich nicht gefragt«, entgegnete Tara. »Und du wirst ihn auch nicht begleiten, Riley. Das wäre vollkommen unangemessen. Ich hatte seinerzeit mit Shaw ein Fest besucht, aber unser Vater hatte jede unserer Bewegungen verfolgt.« Sie verschränkte die Arme, als ob sie wegen Hairalts Kühnheit erzürnt wäre.

»Kaum«, entgegnete Riley. »Wir sind euch dort gefolgt und haben euch im Auge behalten, aber du bist mit Shaw allein gewesen und hast mit ihm ganz ohne Anstandsperson am See gesessen.« Sie kannte ihre Schwester gut genug, um fast alles zu wissen, was ihr durch den Kopf ging. »Mach dir keine Sorgen. Ich habe ihm gesagt, ich würde nicht mit ihm hingehen.«

Wieder schnaubte Jennet. »Und du glaubst, das wird er akzeptieren?«

Jennet hatte eine unfehlbare Gabe, das Gute zu erkennen, das einem Menschen innewohnte. Und das Schlechte. Offensichtlich teilte sie Rileys Gefühle über Hairalt. Jennets Eindruck dieses Mannes bestätigte, dass Rileys Entscheidung die richtige gewesen war.

Riley bearbeitete einen Niednagel, um dem Blick ihrer Schwester auszuweichen. »Du hast recht, Jennet. Er hat meinen Korb nicht akzeptiert. Er sagte, er würde mich holen kommen, aber das wird unmöglich sein, weil ich nicht hier sein werde.« Sie stützte die Hände in die Hüften und in Erwartung von Widerworten reckte sie das Kinn. »Warum nicht?«, fragte ihre Schwester. »Du willst doch wegen ihm nicht abreisen, oder? Du solltest dich nicht von ihm dazu treiben lassen, etwas zu tun, was du andererseits nicht tun würdest.«

»Ich werde nicht getrieben. Ich vermisse Mama und Papa. Ihr alle habt versucht, Torcall und mich zusammenzubringen und ihr habt gesagt, ich sollte einen jungen Mann finden, den ich mag. Und Hairalt sagt, er wollte Zeit mit mir verbringen. Ich würde gern Papa nach seiner Meinung über dies alles fragen. Er wird die richtigen Maßstäbe für meinen Ehemann haben, so wie er es auch für deinen hatte. Du hattest Glück, dass er Shaw gleich gemocht hat. Doch er wird mir sagen, ob Torcall ein würdiger Mann ist. Und wenn er das nicht tut, dann Brin. Ich vermisse ihn auch.« Während ihrer Zauberbanne war ihr Bruder Brin stets ihr größter Unterstützter. Sowohl sein Tonfall als auch seine Berührungen waren sanft, was sie nach einer ihrer Zukunftsvisionen verzweifelt brauchte.

»Deine Mutter ist die klügste Frau, die ich kenne«, meinte Brigid. »Du kannst ihr auch vertrauen.«

Jennet räusperte sich und verschränkte die Arme vor der Brust. »Meine Mutter ist klüger als Tante Jennie.«

Brigid nahm die Hand ihrer besten Freundin und drückte sie. »Sie sind beide wunderbar, aber ich denke, da Tante Jennie ein paar Jahre jünger als deine Mutter ist, könnte sie vielleicht besser verstehen, wie Riley sich fühlt, als Tante Brenna. Und natürlich kennt eine Mutter ihre Tochter besser, als je jemand anders das könnte.«

»Aye«, meinte Jennet. »Gegen den letzten Punkt kann ich nichts einwenden. Meinst du es in dieser Sache ernst, Riley? Ich sehe dich nur ungern wieder fortgehen, aber ich weiß, dass du die beiden vermisst.«

»Ja, das bin ich. Ich möchte nur eine kurze Weile nach Hause zurückkehren. Vielleicht sehen wir uns über die Feiertage wieder.« Das Weihnachtsfest würde bald vor der Tür stehen, stellte sie erschrocken fest. Wie schnell die Zeit vergangen war.

»Du musst wiederkommen, wenn die Kinder geboren sind. Meines ist zuerst dran.« Brigid blickte mit einer solchen Liebe auf ihren Bauch hinunter, dass Riley die Liebe praktisch in der Luft um sie herum sehen konnte. Jennet spiegelte genau denselben Blick, der so tiefgehend war, dass Riley sich fragte, ob sie vielleicht gar nicht Jennet, sondern eine Doppelgängerin sah. Nie zeigte Jennet ihre Gefühle so offen.

»Wie lange, glaubst du, wird es noch dauern, Brigid?«, fragte Riley. Jeder auf der Burg schien eine andere Meinung im Hinblick auf die Geburt der Babys zu haben. Sie hatte den Verdacht, dass die Wachen Wetten darauf abschlossen.

Brigid kaute auf ihrer Lippe. »Ich denke, es ist noch ein Mond bis dahin.«

»Und du?«, fragte Riley an Jennet gewandt.

»Ich bin mir nicht sicher, aber wahrscheinlich in etwa drei Monden.«

»Zwei«, widersprach Brigid. »Ich kann dich einfach nicht davon überzeugen, dass du weiter bist, als du glaubst.«

Jennet zuckte mit den Schultern und lächelte. »Wenn sie bereit ist, herauszukommen, wird sie es tun.«

»Ein Mädchen, meinst du?«, fragte Tara.

»Aye, aber Brigid bekommt einen Jungen«, antwortete Jennet.

»Was auch immer ihr bekommt, die beiden werden ein Segen sein.« Riley wandte sich an ihre Schwester. »Ich habe vor, übermorgen bei Sonnenaufgang aufzubrechen. Tara, würdest du Shaw bitten, dies für mich in die Wege zu leiten?«

»Gewiss. Ich werde mich um alles kümmern. Du wirkst erschöpft. Ruh dich bis zum Abendbrot aus. Dann wirst du dich besser fühlen.«

Riley nickte und ging die Treppe hinauf. Als sie sich zu ihrer Kammer umdrehte, konnte sie gerade noch Brigid hören: »Ich muss mit Marcas sprechen.«

Ging es um Hairalt? Es spielte keine Rolle. Sie wollte nur noch nach Hause zurück, wo sie sich sicher und geliebt fühlte, und wo sie nicht jeden Tag Torcall oder Hairalt sehen und sich entscheiden musste, was mit ihnen werden sollte.

Das Leben war zu kompliziert geworden.

KAPITEL ZEHN

IM MORGENGRAUEN DES Tages von Rileys Abreise stand Torcall vor den Ställen, putzte sein Pferd und füllte einen Sack mit Hafer für die eineinhalb Tage dauernde Reise.

Als Shaw am Morgen zuvor zu ihm gekommen war, um ihm zu sagen, dass Riley heimkehren würde, war er überrascht gewesen. Enttäuschung durchflutete ihn, aber er wollte Shaw nicht zeigen, wie wichtig ihm Riley geworden war. Also behielt er seine Gefühle für sich.

»Mit so kurzer Vorankündigung? Wird Tara sie begleiten?«

»Himmel, nein. Tara gehört zu mir auf das Land der Mathesons. Ich schicke dich zum Schutz der Schwester meiner Frau mit.« Shaw warf ihm einen ernsten Blick zu, der besagte, dass er Torcall nicht erlauben würde, sich diesem Befehl zu widersetzen.

Torcall hatte seine Zustimmung mit einem Nicken bekundet, obwohl er nicht sagen konnte, ob er sich über den Auftrag freute oder ihn fürchtete.

Er hatte gehofft, mit Riley zu sprechen, die

aber den ganzen Tag darauf verwandt hatte, für die Reise zu packen und sich auszuruhen, ohne einen Fuß vor den Hauptturm zu setzen. Jetzt wartete er auf sie, und in seinem Bauch kribbelte es wie noch nie zuvor.

Er kannte den Grund. Er wollte nicht, dass Riley fortging. Es gab noch mehr, was er ihr zu sagen hatte, und ihm lief die Zeit davon. Mehr als alles andere wünschte er sich, sie besser kennenzulernen. Diese Reise war seine letzte Chance, bis sie zu einem weiteren Besuch bei ihrer Schwester zurückkehrte, und nur Gott wusste, wann dieser stattfinden würde. Sobald sie herkam, würde er mit ihr sprechen. Es war höchste Zeit, sich ihr zu erklären. Vielleicht könnte sie ihre Reise einige Tage hinauszögern.

Der helle Klang von Gelächter erregte seine Aufmerksamkeit und er drehte sich um. Riley schritt über den Burghof auf ihn zu, während Tara, Jennet und Brigid sie umringten. Eine von ihnen musste etwas Lustiges gesagt haben, und er wünschte sich, den ganzen Tag lang ihrem Lachen lauschen zu können. Am liebsten wäre ihm, wenn er es gewesen wäre, der etwas gesagt hätte, was es hervorrief.

Hairalt kam von außerhalb der Umfriedung mit einem Strauß Trockenblumen in der Hand den Weg entlang gestürmt. Der Mistkerl näherte sich unaufgefordert der Frauengruppe und mischte sich unter ihre kleine Versammlung.

»Für dich, schönste Riley. Ich werde dir bis ans Ende der Welt folgen, wenn du nicht versprichst, zum nächsten Fest zu mir zurückzukehren.«

Galant verbeugte er sich und Riley sah ihre Schwester verdutzt an. Doch es war Jennet, die das Wort ergriff und alle überraschte.

»Gib mir diesen unerwünschten Blumenstrauß.« Sie warf ihn zur Seite und stampfte darauf. »Hör auf, zu versuchen Rileys Willen mit Geschenken ins Wanken zu bringen. Sie wird nicht zu dir zurückkehren, Hairalt. Verschwinde.«

Hairalt starrte sie sichtlich schockiert an und Torcall musste sich ein Grinsen verkneifen. Riley öffnete den Mund, um etwas zu äußern, doch Tara legte ihrer Schwester eine Hand auf den Unterarm. »Verzeih ihre Unhöflichkeit. Ich werde es ruhig sagen. Meine Schwester hat kein Interesse an deinen Aufmerksamkeiten. Bitte lass uns allein, damit wir unseren Abschied ungestört genießen können. Sie hat ihre Weigerung, dich zu begleiten, deutlich zum Ausdruck gebracht. Du würdest ihre Wünsche respektieren, wenn du sie wirklich schätzen würdest. Ich bin entsetzt, dass du sie eingeladen hast, dich ohne angemessene Aufsicht zu einem Fest zu begleiten.«

Hairalt wich zurück und verschränkte die Arme. »Ihre Eltern sind nicht hier. Welche angemessene Aufsicht könnte sie schon haben?«

»Mich! Mein Mann und ich würden euch beide beaufsichtigen. Oder Jennet und Ethan. Der Laird der Mathesons nimmt die Sicherheit seiner Gäste ernst, und das gilt auch für seine Familie. Ein Mann, der so rücksichtslos mit dem Ruf einer Maid umgeht, ist ihrer Gesellschaft nicht wert. Bitte entferne dich jetzt.«

Hairalt machte ein finsteres Gesicht, aber

der Ausdruck verschwand so schnell, wie er gekommen war. Einen Herzschlag später kehrte seine charmante Fassade wieder zurück. »Verzeiht mir, die Damen. Mir ist zu Ohren gekommen, dass die Straße zwischen Black Isle und dem Gebiet der Camerons recht schwierig ist. Ihr würdet sicher nichts dagegen haben, einen weiteren Wachmann mitzunehmen.«

»Mein Ehemann hat die Wachen ausgewählt«, antwortete Tara, »und du zählst nicht dazu, Hairalt. Geh.«

Er nickte Riley zu und dann lief er eilig zu den Stallungen. Er warf Torcall im Vorbeigehen einen bösen Blick zu, als wäre es sein Fehler, dass die Damen ihn abgewiesen hatten.

Torcalls frühere Zwiespältigkeit verpuffte. Nun war er sehr froh, dass Shaw ihn mit dieser Aufgabe betraut hatte. Alvery und zwei weitere neue Wachen begleiteten ihn und die vier würden sie sicher zu den Camerons bringen. Im letzten Moment kam eine ältere Frau zu ihnen heraus.

Tara schaute ihre Schwester an und zuckte mit den Schultern. »Ich kann dich nicht begleiten, also denke ich, dass du eine andere Frau bei dir haben solltest. Alverys Frau, Una, hat eingewilligt, dich auf dieser Reise zu begleiten.«

Sobald einer der Stallburschen Rileys Pferd aus dem Stall brachte, gesellte Shaw sich mit einer zusammengerollten Decke und einem Rucksack auf dem Rücken grinsend zu den Frauen. »Ich denke, es ist das Beste, wenn ich auch mitkomme.«

»Ich wusste nicht, dass du mitgehst, Ehemann«, meinte Tara, »aber ich bin froh, dass du es tust. Ich würde mitkommen, wenn meine beiden Cousinen nicht so kurz vor der Entbindung stünden.«

Shaw legte die Arme um seine Frau und küsste sie innig auf die Lippen. »Ich würde dir ja gern sagen, dass ich es aus reiner Herzensgüte tue, aber ich fürchte, dein Vater wird mir den Arsch aufreißen, wenn ich deine Schwester nicht höchstpersönlich beschütze.«

Tara lächelte ihn strahlend an und umarmte ihn. »Ich kann dir nicht widersprechen. Gott sei mit dir. Ich werde nach dir Ausschau halten. Pass gut auf meine einzige Schwester auf.«

Sie bestiegen ihre Pferde, Torcall, Alvery, seine Frau und die beiden neuen Wachen, Dagr und Egill, die Brüder waren. Shaw half Riley auf ihre Schimmelstute, während der Stallbursche den Rest ihres Gepäcks auf das Packpferd verlud.

In dem Moment, als sie das Tor erreichten, führte Hairalt sein Pferd aus dem Stall, saß auf und ritt auf die Gruppe zu. »Ich komme mit.«

Torcall biss seine Wut zurück und brachte es fertig, mit ruhiger Stimme zu sprechen, als er sagte: »Nein, Hairalt. Du wirst zurückbleiben.«

»Ich nehme keine Befehle von dir an, Massie, und ich möchte mitkommen. Riley, ich habe gehört, dass du während eines Ritts oft einen Zauberbann erlebst. Ich möchte dich gern beobachten, damit ich in Zukunft genau weiß, wie ich dir helfen kann.«

Er war das Sinnbild der Unschuld, aber Torcall wünschte sich nichts mehr, als ihm diesen Ausdruck mit der Faust aus dem Gesicht zu löschen. »Ich verspreche, auf dich achtzugeben, damit jemand in deiner Nähe ist, wenn du den nächsten Zauberbann erlebst.«

Riley drehte nicht einmal den Kopf, um Hairalt anzuschauen, aber für Torcall war ihr Missvergnügen so eindeutig wie der Tag. Selbst Ethan, der gerade von einer Patrouille zurückkehrte, schien zu spüren, dass etwas nicht stimmte. Er lenkte sein Pferd zu der kleinen Reitergruppe.

»Sie ist keine Kuriosität, die es zu bestaunen gibt«, konterte Torcall. »Sie ist eine junge Frau, die mit speziellen Fähigkeiten gesegnet ist, und die möchte sie gern für sich behalten. Steig ab. Wenn du nicht gehorchst, wirst du es mit mir zu tun bekommen.«

»Unternimm etwas, Shaw«, bat Tara. »Er macht nichts als Ärger. Ich habe vor mit Marcas zu sprechen, um ihn aus dem Clan zu verbannen.«

»So ernst müssen wir noch nicht werden«, entgegnete Shaw. Er positionierte sein Pferd so, dass er Hairalt den Weg versperrte. »Ich befehle dir, zurückzubleiben. Massie hat die ausdrückliche Erlaubnis erhalten, die neuen Wachen, einschließlich dir, zu befehligen und ich stehe hinter seinem Befehl an dich, von deinem Pferd zu steigen und deinen Pflichten hier nachzukommen. Wir haben genügend Männer und wir brauchen keine, die nicht imstande sind, Befehle zu befolgen.«

»Warum fragt Ihr nicht die Lady? Ich bin sicher, Riley würde mich sehr gern dabei haben, und ich weiß, dass die Mathesons stolz darauf sind, ihre Frauen zufriedenzustellen.« Hairalt fuhr sich mit den Fingern durch seine sorgfältig frisierten kurzen blonden Locken und brachte jede Strähne wieder an ihren Platz, ehe er mit der Hand in die Hüfte gestemmt auf Rileys Antwort wartete.

Rileys Gesicht rötete sich. Sie hasste es, der Mittelpunkt der Aufmerksamkeit zu sein, also ergriff Torcall das Wort für sie. »Riley würde nein sagen.«

Sie nickte, ohne jedoch Augenkontakt mit Torcall oder dem flegelhaften Hairalt herzustellen. »Ich sage nein. Wenn du mich erfreuen willst, Hairalt, dann bleibst du hier.«

Ethan trat neben Shaw und meinte: »Hairalt, du wirst hier gebraucht. Shaw, reitet los. Ich werde dafür sorgen, dass er zurückbleibt.«

Torcall nickte Ethan zu und lenkte sein Pferd neben Rileys. »Auf geht's, Mylady. Es ist Zeit, dass wir gehen.«

»Torcall wird an der Spitze reiten und die Gruppe anführen«, gebot Shaw. »Ich werde das Schlusslicht bilden. Nur los.«

Riley schaute zu Torcall hinüber und ihre Erleichterung spiegelte sich auf ihrem Gesicht. »Vielen Dank an dich, Torcall.«

Sein Herz übersprang einen Schlag. »Es war mir ein Vergnügen, Mylady.«

Kurz vor der Dunkelheit schlugen sie ihr Lager auf und verzehrten den geräucherten Lachs und die mit getrockneten Johannisbeeren gespickten Brötchen, die Jinny für sie zubereitet hatte und dann rösteten sie Äpfel über dem Feuer. Auf einer kleinen Lichtung, die vom Hauptweg abseits lag, spannten Torcall und Shaw eine Plane über einen Ast und steckten ihn seitlich fest, sodass Riley und Una darunter schlafen konnten.

»Es ist eine kalte Nacht«, bemerkte Riley. »Ich bin froh über den Schutz. Ich danke euch.«

»Selbst wir haben im Winter einen dünnen Schutz«, erklärte Torcall. Niemand weiß, wann ein Sturm uns ereilen kann. Euch wird wärmer sein. Ich schlafe vor dem Zelt und Shaw hinter euch, während die anderen jeweils seitlich davon schlafen. Dies ist ein wichtiger Teil unseres Schutzes für euch.«

»Ich glaube nicht, dass ich so gut behütet werden muss. Es ist Nacht. Wer würde hier im Winter schon entlangkommen?«

»Es ist für deine Sicherheit, Riley. Und unsere eigene. Ich will keine Wette darauf abschließen, dass ich ein langes und gesundes Leben führe, wenn dein Vater erfährt, dass wir nicht gut auf dich aufgepasst haben.«

Torcall richtete sich für die Nacht ein, nachdem er sich vergewissert hatte, dass Riley es bequem hatte. Er schaute zu den Sternen auf und fragte sich, wie er mit ihr sprechen könnte, während sie unterwegs waren. Sobald sie bei den Camerons angekommen wären, würde es sogar noch schwieriger sein, Zeit mit ihr allein zu finden.

Er schloss die Augen mit dem gleichen Gedanken, den er in den letzten Wochen so oft gehabt hatte. Morgen vielleicht …

Torcall schlief unruhig und er wurde im Schlaf von Visionen heimgesucht, wie Riley von einem Mann verfolgt durch eine Schlucht rannte. Als er nahe genug war, sah der Mann wie Hairalt aus, doch dann wandelte sich das Bild und er bekam die Augen einer Schlange.

»Hairalt, lass sie in Ruhe!«

Aber es war nicht Hairalt. Das Monster warf den Kopf zurück und grinste ihn frech an. »Du wirst sie nie wiedersehen.«

Das Monster, das Hairalt war und auch nicht, packte Riley und verschwand hoch in der Luft.

Torcall erwachte mit einem Schreck und seine Haut fühlte sich feucht von dem Albtraum an. Er setzte sich auf und lauschte, doch er hörte nichts als eine Nachteule. Dann warf er einen Blick in das provisorische Zelt, um sich zu vergewissern, dass es Riley an nichts fehlte, doch sie war nicht dort. Sein Herz raste.

Er rappelte sich auf und rannte zum Bach. Ein Stein fiel ihm vom Herzen, als er sie auf einem großen Felsen im Mondlicht sitzen sah. Er wollte sie nicht erschrecken, aber er musste sich vergewissern, dass es ihr gut ging.

»Riley, hat dich etwas aufgeweckt?«

Sie schaute über ihre Schulter. »Nein, nichts. Ich konnte nicht schlafen.«

»Darf ich mich zu dir setzen?«, fragte er, denn der Felsbrocken war eindeutig groß genug für sie beide.

»Du bist sehr willkommen.« Sie klopfte neben sich auf den Stein. »Hairalt sucht mich in meinen Gedanken heim. Ich habe diese Angst, dass er mir gefolgt ist und plötzlich hinter einem Baum hervortreten wird.«

»Du hast fünf starke Wachen zu deinem Schutz.

Ich werde nie zulassen, dass er dir wehtut.« Er versenkte den Blick in ihrem und nach einem langen, schweigsamen Moment drehte sie den Kopf weg. Beide schauten sie auf den Bach. Sie hielt ein Blatt in ihrem Schoß, dass sie in aller Stille in Stücke riss.

»Ich danke dir, Torcall. Ich denke es ist etwas Böses an ihm und ein böser Mann kann Wege finden, andere Männer zu überlisten. Und sie haben keine Ehre im Kampf. Ich möchte ihn nicht in meiner Nähe haben. Ich verstehe nicht, warum er mir weiter folgt. Nach dem ersten Abend, an dem wir uns kennengelernt haben, habe ich nichts getan, um ihn zu ermutigen.« Sie blickte auf die Einzelteile des Blatts in ihrem Schoß und wischte sie fort.

»Das kann ich beantworten. Es ist einfach. Du bist wunderschön, Riley, mehr als irgendein anderes Mädchen aus dem Milton oder dem Matheson Clan. Viele würden dir liebend gern den Hof machen, aber sie fürchten sich vor deinem Vater oder deiner besonderen Gabe.«

»Ich glaube das nicht, Torcall. Ich sehe keinen Grund, warum jemand Angst haben sollte, mir den Hof zu machen.«

Dies war seine Chance. »Nun, ich würde dir gern den Hof machen, aber ich fürchte, dass du mich abweisen wirst. Du bist die Tochter eines Lairds und ich bin bloß ein Wachmann ohne Ansehen.« Er nahm ihre Hand und hüllte sie gegen die Kälte der Nacht in seine. »Ich denke die ganze Zeit an dich, aber ich werde mich dir nicht nähern, ehe ich nicht die Erlaubnis deines Vaters habe. Er wünscht sich vielleicht den Sohn eines Lairds für dich.« Torcall konnte seine Befürchtung kaum aussprechen, ohne zusammenzuzucken, doch nun, da er ihr seine Gefühle gestanden hatte, spürte er, wie ihm eine große Last vom Herzen fiel.

»Torcall, mein Vater erachtet die Arbeit eines Wachmannes als eine der besten. Er wird dich willkommen heißen, dessen bin ich sicher, insbesondere da Marcas und seine Brüder so eine hohe Meinung von dir haben.« Freude leuchtete in ihren Augen auf und dieser Anblick nahm ihm die Luft weg. Er wollte ihr näherkommen.

»Mylady Riley, wäre es zu verwegen dich um die Gunst eines Kusses zu bitten?«

»Verwegen oder nicht, wäre ich sehr glücklich dir diese Gunst zu gewähren.« Sie formte die Lippen zu einem etwas nervösen Lächeln.

Er beugte sich vor und hielt einen Augenblick inne, ehe er seine Lippen auf ihre drückte. Es war ein keuscher Kuss, aber er würde das Gefühl ihrer warmen Lippen an seinen als das Süßeste in Erinnerung behalten, das er je erlebt hatte. Nach nur einem Atemzug zog er sich zurück.

»Danke, Mylady.«

Sie nahm sein Gesicht zwischen ihre Hände. »Es war mir ein Vergnügen, Sir. Und dieser Kuss war eindeutig nicht verwegen. Dies ist verwegen.« Sie beugte sich zu ihm und legte die Lippen mit einer Macht auf seine, dass es ihn überraschte, aber er passte sich ihr sehr schnell an, denn ihr Verlangen machte ihn waghalsig. Er tippte seine Zunge an den Saum ihrer Lippen und sie teilte sie für ihn, um ihm zu gestatten, sie zu schmecken. Wenn er sie nie wieder küssen würde, wäre diese Erinnerung genug, um für ein ganzes Leben zu reichen. Sie legte den Mund schräg auf seinen und ihre Zungen duellierten sich in einem unbeschwerten Tanz. Sie war nicht erfahren, das merkte er, aber sie wollte auch mehr.

Er beendete den Kuss, ehe er seine Selbstkontrolle verlor. »Ich werde nichts mehr tun, ehe ich nicht mit deinem Vater gesprochen habe.«

Riley seufzte glücklich. »Nichts würde mir größere Freude machen, Torcall. Warte bitte nicht zu lang.«

Dann sprang sie von dem Felsbrocken und zwinkerte ihm zu, ehe sie mit einem verführerischen Hüftschwung zum Lager zurückkehrte. Sein Mund wurde ganz trocken.

Ganz eindeutig hatte er sich in Riley Cameron verliebt.

KAPITEL ELF

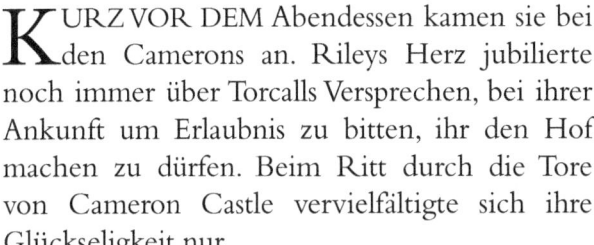

KURZ VOR DEM Abendessen kamen sie bei den Camerons an. Rileys Herz jubilierte noch immer über Torcalls Versprechen, bei ihrer Ankunft um Erlaubnis zu bitten, ihr den Hof machen zu dürfen. Beim Ritt durch die Tore von Cameron Castle vervielfältigte sich ihre Glückseligkeit nur.

Ihr Vater war der Erste, der aus der Tür des Hauptturms trat, und sie sprang vom Pferd, um auf ihn zuzueilen und ihn rasch zu umarmen. Dann sauste ihre Mutter auf ihren immer noch flinken Füßen über das Kopfsteinpflaster auf sie zu, und sie umarmten sich ebenfalls.

»Riley, ich bin so erfreut, dich zu sehen. Willkommen zuhause, meine Süße. Und unter so wundervollen Umständen. Jemand bittet um deine Hand und er ist bezaubernd!« Ihre Mutter küsste sie auf die Wange und dann trat sie zurück, um Riley mit einem breiten Grinsen an beiden Händen zu fassen. Ihre Stimme sank zu einem Flüstern. »Und er ist auch so attraktiv.«

Riley sah über die Schulter und entdeckte

Torcall, der sich um ihre Pferde kümmerte und mit dem Stallmeister plauderte.

Ihre Mutter war aus der gegenüberliegenden Richtung gekommen – dem Hauptturm. Rileys Magen begehrte auf.

»Wer hat um meine Hand gebeten, Mutter?«

Ihre Mutter und ihr Vater wechselten einen verwunderten Blick. »Nun, Hairalt. Er ist so ein netter Mann. Er hat erzählt, er hätte dir einen Heiratsantrag gemacht und du hättest eingewilligt. Ich war überrascht, dass du einer Verbindung zugestimmt hast, ehe er mit deinem Vater gesprochen hat. Aber Tara ist in der Lage, dir guten Rat zu geben und einen geeigneten Ehemann für dich zu beurteilen.«

Rileys Blut kochte vor Wut, aber sie hielt ihren undamenhaften Fluch zurück. Sie musste die Ruhe bewahren, während sie ihren Eltern die wahre Situation schilderte. »Hairalt ist nicht mein Verlobter. Ich mag ihn ganz und gar nicht, und trotzdem hört er mir gar nicht zu, wenn ich ihm das sage. Er hatte als Wachmann mitkommen wollen und Torcall, Ethan und Shaw hatten ihm alle sagen müssen, dass er nicht mitkäme. Er respektierte die Befehle seines Lairds nicht, soviel ist offensichtlich. Er muss sich weggeschlichen haben und wie der Wind hierher geritten sein, um vor uns anzukommen. Ich werde Hairalt nicht heiraten. Niemals. Und du kannst ihm sagen, dass ich das gesagt hätte.«

Ehe sie ihre Unterhaltung fortsetzen konnten, brach der Innenhof in Aktivität aus. Rileys Bruder Brin rief ihrem Vater von den Ställen zu, also hastete der Ältere zu ihm hin. Torcall war mit dem Versuch beschäftigt, eines ihrer Pferde zu beruhigen. Und viele der Burgbewohner waren in den Hof geeilt, um Riley zu begrüßen. Es fühlte sich so gut an, von der Liebe ihre Clanangehörigen umgeben zu sein, und sie drückte Hände und umarmte so viele von ihnen, wie sie konnte.

Sie war so in die Begrüßung der Menge vertieft, dass es sie völlig überraschte, als sich ein Arm um ihre Taille schlang und sie gegen einen harten männlichen Körper zog. Ihre Gedanken an Torcall verblassten, als sie über ihre Schulter in das hübsche Gesicht mit dem Lächeln blickte, das sie allmählich zu hassen begann. Hairalt hatte sie dicht genug zu sich herangezogen, um sie zu küssen.

Sie setzte sich gegen seinen Griff zur Wehr, doch sie konnte sich nicht befreien.

»Riley, willst du mich nicht deinen Clanangehörigen vorstellen? Sie sollten den Mann kennenlernen, den du heiratest, findest du nicht? Ich weiß, wie sehr du dich auf unsere Hochzeit vor dem nächsten Vollmond freust.«

Er zeigte ein breites Grinsen, und viele der Mädchen um sie herum kicherten in beschämender Bewunderung.

»Nimm deine Hand von der Maid.« Torcalls Hand lag bereits um den Griff seines Schwertes, als er durch die Menge brach.

Hairalt schnaubte, doch er ließ nicht von Riley ab, selbst als sie versuchte, sich loszureißen. »Riley trifft diese Entscheidung und nicht du.« Dann wandte er sich ab und versuchte, Riley einen Kuss auf die Wange zu drücken, aber sie wich aus und hoffte, er bekäme den Mund voller Haare.

»Hairalt, wir sind nicht verlobt. Lass mich los!«

Er beugte sich vor, um ihr etwas zuzuflüstern. »Aber das werden wir. Du wirst schon sehen. Niemand weist mich ab, Riley.«

Er richtete sich auf und schien Torcall verhöhnen zu wollen. Doch sein Gegenüber schlug ihn mit der Faust derart kräftig auf den Kiefer, dass er zurücktaumelte. Torcall hielt Riley fest und verhinderte, dass Hairalt sie mit sich riss, als dieser ins Stolpern geriet.

»Wenn sie jemanden heiratet, dann mich, und nicht dich, Hairalt«, verkündete Torcall.

Und obwohl Riley für Torcalls Hilfe dankbar war, hätte sie es lieber gesehen, wenn er es unterließe, Entscheidungen für sie zu treffen. »Ich danke dir, Torcall, aber wen ich heirate, wird meine Entscheidung sein.« Und damit trat sie ein paar Schritte von ihm weg.

Bei Rileys Worten wurden die Umstehenden still.

Torcall gewann umgehend seine Fassung zurück. »Verzeih. Ich hätte keine Erklärung abgeben dürfen. Es war falsch von mir. Bitte vergib mir.«

Sie spürte, wie ihr Gesicht durch die ganze Aufmerksamkeit heiß wurde, und es wäre ihr am liebsten gewesen, wenn alle um sie herum jetzt einfach verschwinden würden. Mit Brin neben sich, tauchte ihr Vater hinter Torcall auf.

»Was ist denn hier vorgefallen? Hat jemand meiner Tochter etwas zuleide getan?« Er blickte erst zu Riley und dann zu seiner Frau, doch Riley drängelte sich durch die Menge und hielt auf den Hauptturm zu.

»Riley!«, rief ihr Vater ihr nach, aber sie hatte das Bedürfnis, aus dem Blickfeld der anderen zu verschwinden. Sie rannte hinein und sauste die Treppe zu ihrer Kammer hinauf, um dann mit dem Gesicht voran auf die frische Bettdecke und die weichen Kissen zu fallen, die sauber und für ihre Rückkehr vorbereitet waren.

Sie schöpfte tief Luft, rollte sich auf den Rücken und blickte sich in dem geliebten Raum um. Die unterschiedlichen Farben ließen ihre Kammer selbst im dunkelsten Winter frühlingshaft erscheinen. Eine weiße Decke schmückte ihr Bett, aber sie hatte Kissen in Hellblau, Rosa, Hellgrün, Gelb und einem wunderbaren Lavendelton. Getrocknete Blumen hingen von den Dachsparren und standen in einer Vase auf dem Kaminsims. Ihre Kommode war mit einem fein bestickten Läufer aus Leinen geschmückt, der sich über die gesamte Länge des Möbelstücks erstreckte.

Ganz allmählich kamen ihr die Tränen, doch sie versuchte nicht, sie zu unterdrücken, sondern nahm sich Zeit, um all die kleinen Kostbarkeiten im Raum zu betrachten. Die meisten hatte ihre geliebte Mutter hergestellt. Wie sehr sie ihr Zuhause und ihre Familie doch liebte.

Ein Klopfen ertönte an ihrer Tür, und insgeheim

wünschte sie sich, es könnte Tara sein, doch es musste sich um ihre Mutter, ihren Vater oder Brin handeln.

»Herein.«

Ihre Mutter trat in die Kammer, setzte sich auf Bettkante, und streichelte Rileys Wange, wie es nur eine Mutter konnte. »Zu viel Aufmerksamkeit oder nicht genug?«

Ihre Mutter besaß zudem die Gabe, ein Problem in weniger als zehn Worte zu fassen. »Ja, so ist es und auch Hairalt. Er lässt mich nicht in Frieden, und ich verabscheue ihn jedes Mal mehr, wenn ich ihn sehe. Eigentlich hatte er nicht kommen dürfen, aber hier ist er und widersetzt sich den Befehlen seines Lairds. Marcas hat es ihm ausdrücklich verboten. Allein die Tatsache, dass er schon hier war, bringt mich in Rage, und ich habe meinen Zorn an Torcall ausgelassen. Das hätte ich nicht tun dürfen. Er ist derjenige, dem ich vertraue, und der Mann, mit dem ich mehr Zeit verbringen möchte.«

»Warum hat man Hairalt untersagt, hierherzukommen? Er ist doch ein Wachmann der Mathesons, nicht wahr?«

»Das ist er, Mama, probehalber. Erst kürzlich hat er darum gebeten, in den Clan aufgenommen zu werden. Er ist anmaßend und sagt mir immer voraus, was ich tun werde. Er hört nicht auf meine Worte, und meiner Ansicht nach kümmert er sich um niemanden außer sich selbst. Ich kann ihn nicht ausstehen. Oder seine Küsse.«

Ihre Mutter zog eine Augenbraue hoch. »Mein kleines Mädchen wird erwachsen, wie ich feststelle.« Riley lächelte ihre Mutter an, die ihr beruhigend das Bein tätschelte. »Wir werden Hairalts Bitte also ablehnen, aber was ist mit Torcall? Wir haben ihn schon kennengelernt. Er ist ein guter Wachmann und Mann.«

Seufzend setzte sich Riley neben ihre Mutter. »Ich mag Torcall, doch es war mir nicht recht, dass er es allen erzählt. Erst soll er Papa um Erlaubnis bitten, mir den Hof zu machen, und ob er um meine Hand anhalten darf, und dann soll er mich fragen. Ist es nicht so, wie es sein sollte?«

»Ja, und die Erzählung von Hairalt, du hättest seinen Antrag bereits angenommen, gefiel mir nicht. Das schien mir nicht deine Art zu sein. Als ich das Durcheinander dort im Hof verließ, sprach Torcall mit deinem Vater. Meiner Vermutung nach bittet er ihn um Erlaubnis, dich zu umwerben. Welche Antwort sollte dein Vater ihm geben? Aye oder nein?«

»Aye. Ich würde ihn gern näher kennenlernen. Aber warum musste er das vor allen Leuten herausposaunen? Jetzt muss ich die Fragen beantworten, die mir alle stellen werden. Wann wird die Hochzeit sein? Hier oder auf Black Isle? Wie viele Kinder werdet ihr haben? Du weißt, wie es ist.«

»Wir werden diese Fragen im Keim ersticken. Würde dich das zufriedenstellen?«

»Aye, wenn ihr das könnt. Was geschehen ist, ist geschehen. Aber warum müssen Männer denken, dass Mädchen keinen Verstand haben? Wissen sie denn nicht, dass wir unsere eigenen Entscheidungen treffen können?« Sie spielte mit ihrem Fingernagel und debattierte mit sich, was sie zu Torcall sagen könnte, wenn sie ihn sah.

»Ich bin sicher, Torcall respektiert deine Fähigkeit, deine Entscheidungen zu treffen. Er hat nur einfach diese männliche Art, deine Ehre beschützen zu wollen. Sie bringt Männer dazu, alberne Dinge zu tun, aber ich glaube dennoch, dass es gut ist, dieses als einen Teil seines Charakters zu bewahren. Offensichtlich hat Hairalt nicht das kleinste bisschen von dieser Gabe in seiner Persönlichkeit. Ich denke auch, dass Torcall ebenso sehr wegen dir als auch wegen Hairalt so heftig reagiert hat. Sein Blick war auf dich geheftet und du warst offensichtlich wegen Hairalt wütend.«

»Das hast du bemerkt?« Sie schaute zu ihrer Mutter auf und hoffte, sich mit Torcall nicht ganz getäuscht zu haben. Dass er sie respektierte und wusste, dass sie ihre eigenen Entscheidungen treffen konnte. Häufig brachte ihr Vater diesem Charakterzug bei Männern zur Sprache, also hatte ihre Mutter nicht unrecht.

»Ja, das habe ich, also sei nicht zu ungnädig mit dem Mann. Warum kommst du nicht zum Nachtmahl nach unten und unterhältst dich mit deinem Bruder und deinem Vater? Sie haben dich vermisst.«

»Einverstanden. Ich danke dir, Mama.«

»Ich glaube, du hast noch einen weiteren Grund, Torcall gernzuhaben.« Ihre Mutter lächelte und glättete Rileys Haar, bevor sie in den Korridor hinaustraten.

»Welcher Grund ist das?«

»Er weiß von deiner besonderen Gabe, und nimmt sie an. Stimmt das?«

»Aye, das tut er.»

»Und hat Hairalt gesehen, dass du einen Zauberbann erlebt hast?«

Sie nickte. »Ja, einmal, wobei ich mir aber nicht sicher bin, ob er mir damals viel Aufmerksamkeit geschenkt hat. Ich hatte seinerzeit einen Schub auf meinem Pferd, und er war bei dem Ritt dabei. Er mag es gesehen haben oder nicht. Aber jetzt will er mich beobachten. Ich finde sein Ansinnen gruselig.«

»Er will dich beobachten, als ob du etwas Einzigartiges wärst?«

»Er will mich auf eine eigentümliche Art observieren. Du kennst solche Menschen.«

»Aye, das tue ich«, antwortete ihre Mutter und öffnete die Tür. »Ich werde diesen Mann von nun an im Auge behalten.«

Riley trat auf den oberen Treppenabsatz und blickte auf Torcall in der Halle unten. Er saß mit den Wachen am Tisch, aber sobald sein Blick auf sie fiel, stand er auf und kam zum Fuß der Treppe.

Das tat auch Hairalt.

Ihr Vater erhob sich von seinem Platz an der Stirnseite des Tisches. »Hairalt, ich möchte draußen ein Wort mit dir reden.«

»Ich werde Euch begleiten, Laird«, meldete sich Shaw und erhob sich ebenfalls. »Er muss sich vor mir verantworten.«

Vielleicht würde sie Hairalt nie wieder sehen. Konnte ihr so viel Glück beschieden sein?

Riley hatte allerdings den vagen Verdacht, dass er nicht so leicht aufgeben würde.

Kapitel Zwölf

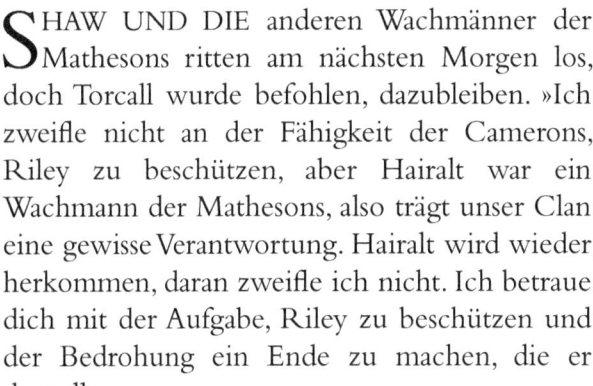

SHAW UND DIE anderen Wachmänner der Mathesons ritten am nächsten Morgen los, doch Torcall wurde befohlen, dazubleiben. »Ich zweifle nicht an der Fähigkeit der Camerons, Riley zu beschützen, aber Hairalt war ein Wachmann der Mathesons, also trägt unser Clan eine gewisse Verantwortung. Hairalt wird wieder herkommen, daran zweifle ich nicht. Ich betraue dich mit der Aufgabe, Riley zu beschützen und der Bedrohung ein Ende zu machen, die er darstellt.«

»Ich werde sie mit meinem Leben beschützen, Shaw.«

»Ich weiß, das wirst du. Ich werde Marcas über Hairalts Verhalten informieren und dafür sorgen, dass er kein Mitglied des Matheson Clans mehr ist.«

»Ich werde mit euch losreiten und dann auf dem Rückweg nach Hinweisen auf den Schuft Ausschau halten. Es wäre gut zu wissen, welchen Weg er genommen hat.»

Er begleitete Shaws Gruppe bis zur Grenze des Cameron Gebiets und begann dann seine

Patrouille. Er kannte das Land von anderen Besuchen hier gut und folgte der Route, welche seines Wissens nach die Wachen der Camerons für ihre Patrouille benutzten. Eine Gruppe Reisender in roten Grant Plaids näherte sich über einen anderen Weg als dem, auf dem Shaw aufgebrochen war.

Torcall begrüßte sie – es war ein Mann, eine Frau und ein junges Mädchen sowie ein Kontingent von Wachen. Sie hielten ihre Pferde an. Das Haar der Frau war fast weiß, und sie war eine auffällige Erscheinung, wie sie auf ihrem schwarzen Pferd saß.

»Connor Grant!«, rief Torcall. »Es ist schön, dich wiederzusehen.«

»Ganz meinerseits, Torcall Massie. Was führt dich von Black Isle hierher? Keine Schwierigkeiten, hoffentlich.«

»Nein, nicht wenn es nach mir ginge. Ich bin hier, um Riley zu beschützen, die gerade von einem Besuch beim Matheson Clan heimgekehrt ist.«

Connor nickte. »Sie könnte keinen besseren Wachmann haben. Dies ist meine Frau Sela und unsere Tochter Dyna.«

»Ich grüße euch alle. Ich bin auf dem Rückweg zur Burg, also werde ich euch begleiten, wenn es euch nichts ausmacht.«

Connor nickte, und Torcall reihte sich neben Dyna ein. »Du reitest gut für ein junges Mädchen«, lobte er sie.

»Ich reite besser als alle drei meiner Cousins, die Jungs sind. Glaubst du, Mädchen sind nicht geschickt?« Sie warf ihm einen Blick zu, der für ein so junges Mädchen viel zu wissend war.

»Nein, ich weiß, dass Mädchen und Knaben in vielen Dingen gleich gut sein können.« Dem fügte er nichts mehr hinzu und wandte dann den Blick ab.

»Welche Mädchen sind die klügsten?«

»Dyna, wir wollen den Wachmann nicht beleidigen, den wir gerade kennengelernt haben, bitte«, meinte ihre Mutter.

»Es macht mir nichts aus, ihr eine Antwort zu geben«, meinte Torcall mit einem Lächeln. »Lady Cameron und ihre beiden Töchter sind sehr klug. Die Herrin des Matheson Clans, Brigid, ist ebenfalls sehr scharfsinnig, ebenso wie ihre Cousine Jennet. Sie ist wahrscheinlich der klügste Mensch, der mir je begegnet ist, ob männlich oder weiblich.«

»Schon gut««, murmelte sie. »Tut mir leid, Mama.«

»Wie alt bist du?«

»Beinahe zehn.« Er hatte sie um ein paar Jahre überschätzt, nicht dass sie so viel älter aussah, aber sie klang so reif.

»Und wie geht es meinen Cousinen?«, fragte Connor. »Habe ich nicht gehört, dass Brigid ihr erstes Kind erwartet?«

»Ja, wie auch Jennet, obwohl Brigid weiter fortgeschritten ist als ihre Cousine.«

»Wie viele Monde sind es noch für Brigid?«, fragte Sela.

»Nur noch einer. Sie sieht aus, als würde sie platzen.«

»Onkel Logan und Tante Gwyneth werden bald ankommen. Er wird nicht gehen, ehe das Kind zur Welt gekommen ist, schätze ich.«

Als sie am Tor ankamen, vernahmen sie überraschte Rufe. Brin war der Erste, der sie begrüßte. »Connor, bist du das?«

»Aye, ich bin es. Wir dachten, wir kommen auf einen Besuch vorbei.«

»Was führt euch her?«, fragte Brin. »Ich freue mich sehr, euch zu sehen. Ich nehme mir alle Zeit, die du mir erübrigst, um an meinen Schwertkünsten zu feilen.« Nach seinem Vater und Onkel Loki galt Connor als einer der besten Schwertkämpfer im ganzen Land.

»Dyna hatte plötzlich das Bedürfnis, Riley und Tante Jennie zu besuchen. Wir widersetzen uns niemals ihren merkwürdigen Neigungen.«

Torcall schaute Dyna erneut an und zog die Augenbrauen hoch.

Sie blickte direkt zurück und meinte. »Ich rede später mit dir. Wir haben etwas zu besprechen.«

Ihre Augen verengten sich und ein Frösteln kroch ihm über das Rückgrat. Er antwortete nicht, sondern widmete sich der Aufgabe, die Pferde in den Stall zu bringen. Alle anderen blieben im Hof und begrüßten die Camerons. Er striegelte sein Pferd und gab ihm eine Portion Heu, ehe er sich einen Augenblick Zeit nahm, um sich an die Stalltür zu lehnen und dem Tier einen letzten Klaps zu geben.

»Du bist ein Seher.«

Torcall wäre vor Schreck beinahe aus seiner Haut gefahren. Er wirbelte herum und sah Dyna zwischen sich und der Stalltür stehen. »Was? Ich bin kein Seher, Mädchen.«

»Aye, das bist du. Achte auf deine Träume. Dann wirst du verstehen. Du kannst gegen die Begabung nicht ankämpfen, die dir gegeben ist.« Sie wirbelte auf dem Absatz herum und rannte aus dem Stall.

Er wusste weder, was er mit ihrer Erklärung noch ihrer Anweisung anfangen sollte. Seinen Träumen Aufmerksamkeit schenken? Der Einzige, der ihm einfiel, war der Traum von dem Monster, das Riley entführt hatte. Die Schlange, die ursprünglich wie Hairalt ausgesehen hatte.

Seine Nackenhaare sträubten sich. Er wusste, dass der Schuft wiederkäme und er würde Riley nicht unbewacht lassen, bis die Gefahr gebannt war. Torcall schloss sich der Gruppe an, die zum Mittagsmahl in den Hauptturm ging, doch er blieb stehen, als er bemerkte, dass Aedan Cameron hinter ihm war.

Er drehte sich zu dem Mann um. »Mylord, darf ich Euch einen Moment um Eure Zeit bitten?«

Seine Kühnheit überraschte sogar ihn selbst. Hätte er sich die Zeit genommen, darüber nachzudenken, was er tun wollte, würde er den Mut dazu nicht aufgebracht haben.

»Aye, folge mir zu meiner Kabinettstube.«

Er nickte und überlegte genau, was er diesem, von ihm so sehr bewunderten Mann sagen wollte, der zwei kluge, talentierte Töchter großgezogen hatte. Er war im Begriff, sich in eine der beiden zu verlieben, wenn das nicht bereits geschehen war.

Nein. In Wahrheit liebte er Riley bereits.

Aedan öffnete die Tür und wies mit einer Geste auf einen Stuhl vor dem Schreibtisch, hinter den er sich setzte. »Du wolltest mit mir sprechen, Torcall?«

Torcall ließ sich nieder, lehnte sich in seinem Stuhl zurück und überlegte sich seine Worte genau. »Ich habe Eure Tochter sehr lieb gewonnen und bitte Euch um Erlaubnis, ihr den Hof zu machen. Sie ist sehr klug und hat ein gutes Herz. Wenn Ihr noch keinen Mann für sie ausgesucht habt, würde ich sie gerne näher kennenlernen und ihr dann einen Heiratsantrag machen, falls wir zusammenpassen.« Er wusste, dass er Aedan Cameron gegenüber ganz offen sein musste, also fuhr er fort. »Ich bin kein Edelmann, aber ich arbeite als Wachmann für die Mathesons, seit ich fünfzehn Jahre alt war. Ich bin meinem Laird treu ergeben und ich bin sicher, dass er sich für meinen Charakter verbürgen würde.«

»Nein, das ist nicht notwendig, Torcall. Ich weiß, du bist ein ehrenwerter Mann, und adliges Blut ist mir einerlei. Meiner Ansicht nach ist unser Blut dasselbe. Fragt meine Frau, und sie wird dir bestätigen, dass es wahr ist. Ein Edelmann blutet nicht anders als du. Aber sag mir. Was hältst du von Rileys besonderer Gabe? Kannst du eine Frau lieben, die eine solche Berufung hat? Es würde erfordern, dass du immer in ihrer Nähe bleibst oder sie jemand anderen bei sich hat, insbesondere wenn sie stürzen oder sich anderweitig verletzen könnte. Das könnte zum Beispiel zu Pferd oder am Meeresufer sein.«

»Ich war bei mindestens zwei Ereignissen bei
ihr, als sie in einen Zauberbann fiel, und ich
war dankbar, ihr helfen zu können. Es ist für sie
viel schwieriger als für mich. Ich nehme sie so,
wie sie ist; diese Gabe hat sie zu dem Menschen
gemacht, der sie ist - eine bemerkenswerte und
fürsorgliche Frau.« Er dachte daran, was Dyna ihm
gerade gesagt hatte, und fuhr fort: »Ich betrachte
es als etwas Besonderes, als ein Geschenk der
Engel, dass Riley mit der Gabe gesegnet ist, den
Seelen auf ihrer Heimreise zu helfen.«

»Ein Geschenk. Hmmm ...« Aedan lehnte
sich in seinem Stuhl zurück und verschränkte
die Arme. »So habe ich das noch nie gesehen.
Meine Antwort wäre also, dass jemand, der
die besonderen Fähigkeiten meiner Tochter als
Geschenk ansieht, die Chance bekommen sollte,
ihr den Hof zu machen. Ich glaube, Riley wird
deine Werbung um sie begrüßen. Das hat sie
ihrer Mutter gestern Abend gesagt. Und mir
wäre es lieber, du würdest ihr den Hof machen
als Hairalt, dieser Schuft. Ich habe ihn bereits aus
unserem Gebiet verbannt und dafür gesorgt, dass
alle meine Männer genau wissen, wie er aussieht.
Wenn er nur halbwegs bei Verstand ist, wird er
nicht wiederkehren, um noch mehr Ärger zu
stiften.«

»Ich habe heute Morgen nach ihm Ausschau
gehalten, aber keinen Hinweis darauf gefunden,
wohin er gegangen sein könnte. Meiner
Vermutung nach wartet er nur seine Zeit ab.«

»Diese Angelegenheit ist egal. Mit Freuden
erteile ich dir die Erlaubnis, meiner Tochter den

Hof zu machen, und« – er stand auf und streckte seine Hand aus, die Torcall kräftig schüttelte, als er sie ergriff – »sie wird sehr glücklich sein, wenn sie von dieser Nachricht erfährt. Geh und such das Mädchen, um ihr Bescheid zu sagen. Wenn du später eine weitere Patrouille unternehmen willst, dann wende dich nach Süden. In dieser Richtung gibt es viele Verstecke für einen heimtückischen, verschlagenen Schuft, der darauf hofft, unbemerkt zu bleiben.«

Torcall verbeugte sich vor dem Laird und voller Freude über die erhoffte Erlaubnis verabschiedete er sich. Wenn er jetzt nur die Nervosität überwinden könnte, die ihn jedes Mal in Rileys Nähe befiel.

Aber noch wichtiger war die Frage, wie er Rileys Liebe gewinnen konnte.

KAPITEL DREIZEHN

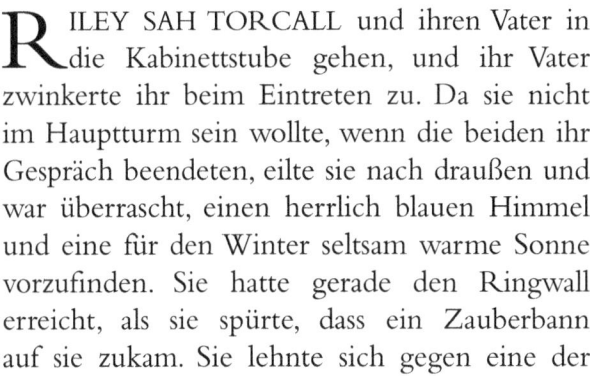

R ILEY SAH TORCALL und ihren Vater in
die Kabinettstube gehen, und ihr Vater
zwinkerte ihr beim Eintreten zu. Da sie nicht
im Hauptturm sein wollte, wenn die beiden ihr
Gespräch beendeten, eilte sie nach draußen und
war überrascht, einen herrlich blauen Himmel
und eine für den Winter seltsam warme Sonne
vorzufinden. Sie hatte gerade den Ringwall
erreicht, als sie spürte, dass ein Zauberbann
auf sie zukam. Sie lehnte sich gegen eine der
Stützmauern und schloss die Augen.

Augenblicklich war sie wieder in der
Feenschlucht auf Black Isle. Ihr war bewusst, dass
sie nicht körperlich dorthin transportiert worden
war, aber es fühlte sich so real an, als wäre es so.

Violet trat aus dem Wald und kam auf sie zu.
»Riley, wir brauchen deine Hilfe! Es ist schwierig,
auf diese Weise mit dir zu sprechen, also musst du
gut zuhören.«

»Warum ist es schwierig?«

»Weil du weit entfernt von der Feenschlucht
bist und das Böse, das dich umgibt, unsere
Botschaft abschirmt. Hör zu! Sprich mit Torcall

über seine Träume. Er weiß nicht, dass er Wahres träumt, und so beachtet er seine Träume nicht und kann sich oft nicht an sie erinnern. Wir haben versucht, ihm Warnungen zukommen zu lassen, aber weil er ihre Herkunft nicht versteht, begreift er nicht, dass sie gedacht sind, dir zu helfen.«

»Warnungen wovor?«

»Torcall wird die Wahrheit über den bösen Geist enthüllen, aber er wird sie nicht verstehen, bis er seine Berufung akzeptiert. Sag ihm, er soll seinen Träumen Beachtung schenken. Wir werden euch beide hindurch begleiten. Es braucht nur eine Stimme, um den Geistern zu trotzen und sie aufzubringen. Sei nicht diese Stimme, Riley. Sei stark …«

Dann war Violet mitten im Satz verschwunden.

»Was um alles in der Welt hatte das zu bedeuten?«, rief Riley in die Schlucht hinaus, aber es kam natürlich keine Antwort.

Sie blinzelte und stellte fest, dass sie noch immer an der starken Mauer von Cameron Castle lehnte, und niemand schien sie bemerkt zu haben. Ein paar Leute arbeiteten im Hof, aber sie widmeten sich ihren Aufgaben. Manchmal fragte sie sich, wie andere so blind für die Geister und das Schimmern in der Luft sein konnten, das mit ihren Zauberbannen einherging.

Sie holte tief Luft und stieß sich von der Wand ab. Ein Spaziergang würde ihr helfen, sich von der Vision zu erholen, wie sie wusste. Also fing sie an, über den Burghof auf das Tor zuzugehen. Sie konnte Lochluin Abbey in der Ferne sehen und es war ihr ganzes Leben schon eine tröstliche Präsenz. Die Augen auf den Kirchturm der Abbey gerichtet wäre sie beinahe mit ihrem Onkel Ruari zusammengestoßen.

»Riley, fühlst du dich wohl?« Er packte sie an den Schultern und blickte ihr forschend in die Augen.

»Es geht mir gut, Onkel Ruari. Ich muss mich nur ein bisschen bewegen. Ich dachte, ich würde ...« Sie überlegte kurz. »Zur Abtei reiten und den Mönchen einen Besuch abstatten.« Erfreut, dass ihr eine Ausflucht eingefallen war, lenkte sie ihre Schritte in Richtung der Stallungen und ihr Onkel schritt mit ihr einher.

»Bitte gestatte mir, dich zu begleiten. Du solltest nicht allein ausreiten.« Onkel Ruari wartete ihre Antwort nicht ab, sondern rief dem Stallburschen zu, er sollte zwei Pferde fertig machen.

»Oh, wollt ihr zur Abtei?«, fragte Brin, der neben ihrem Onkel auftauchte. »Ich würde auch gerne mitkommen. Ich hatte noch nicht viel Gelegenheit, mich mit dir zu unterhalten, Schwester.«

Sie war von ihrem Zauberbann zu erschöpft, um zu widersprechen. Sobald das dritte Pferd bereitstand, saßen die drei auf, und sie ließ sich von den beiden Männern hinausbegleiten. Es gelang ihr, Haltung zu bewahren, bis sie die Abtei erreichten.

»Onkel, du kannst zurückkehren, wann immer du willst«, schlug Brin vor. »Ich führe Riley hinein, damit sie die neuen Mönche kennenlernen kann und begleite sie dann wieder nach Hause.«

Onkel Ruari nickte zustimmend und verabschiedete sich.

Riley blieb im Sattel sitzen und dachte noch einmal über ihr Vorhaben nach. »Neue Mönche? Ich bin nicht sicher, ob ich dazu bereit bin.«

»Aye. Wenn du sie nicht kennenlernen willst, musst du das auch nicht. Du hattest einen Zauberbann, das weiß ich doch. Ich merke immer, wenn du dich von einem erholst. Willst du darüber reden?«

Riley liebte die Art, wie ihr Bruder sie nach ihrem Zauberbann fragte, und ob sie etwas dazu sagen wollte, im Gegensatz zu Tara, die wissen wollte, was sie gesehen hatte. Normalerweise würde sie mit Brin über die Vision sprechen. Dieses Mal jedoch schüttelte sie den Kopf. Sie war noch nicht bereit.

»Nein. Das heißt, ich hatte eine kleine Vision, doch nun geht es mir gut. Berichte mir mehr über die neuen Mönche. Wie viele sind es?«

»Zwei, denke ich. Der eine heißt Bate – das ist die Kurzform für Bartholomäus. An den anderen kann ich mich nicht recht erinnern. Bate jedoch ist sehr freundlich. Möchtest du ihn kennenlernen?« Brin half ihr vom Pferd herunter und bot ihr seinen Arm, wie er es nach einem Zauberbann stets zu tun pflegte. Er führte sie auf die Klostermauer zu. »Hoffentlich warst du an einem sicheren Ort, als der Zauberbann dich überrascht hat.«

Alle Mädchen himmelten ihren Bruder an,

denn er war groß, ein prächtiger Anblick und er war sanftmütig. Das dunkle Haar fiel ihm über ein Auge, und das Lächeln fiel ihm leicht, was die Herzen zum Schmelzen brachte, wohin er auch kam. Am liebsten mochte Riley seine Sanftheit, doch insbesondere, wenn es um die Sicherung ihres Wohlbefindens ging, konnte er auch hartnäckig sein.

»Innerhalb des Ringwalls, also war ich sicher genug. Ich habe mich an die Mauer gelehnt, und als ich wieder zu mir kam, war es, als wäre nichts geschehen.«

»Ich hätte dich daheim behalten sollen, doch weil ich gesehen habe, wie Torcall und Papa zusammen weggegangen sind, kann ich mir vorstellen, warum du gerade jetzt von dort fort wolltest.«

Sie bedachte ihren Bruder mit einem wissenden Blick und drückte seinen Arm. Er wusste immer Bescheid.

Sie schlenderten an der Außenseite um die Abtei herum und gelangten so in die Gärten im hinteren Teil. Zu dieser Jahreszeit wuchs nicht viel, aber ein paar Männer schnitten das Grün für die Festtage und lasen die vom Wind herabgefallenen Zweige auf. Mit aller Sorgfalt pflegten die Mönche das Gelände der Abtei.

Zwei Männer hielten in ihrer Tätigkeit inne und winkten ihnen zu. Hob, einer ihrer Lieblingsmönche, stellte sein Werkzeug weg und kam zu ihr und Brin herüber.

»Ich grüße Euch, Mylady Riley. Kommt und lernt unser neuestes Mitglied Bruder Bate

kennen«, rief er einem Mann zu, der einige
herabhängende Äste absägte.

Bate nickte ihr zu und schenkte ihr ein breites
Lächeln. Er war jünger und sah besser aus, als sie
erwartet hatte.

»Es ist mir ein Vergnügen, Euch
kennenzulernen, Bruder«, sagte sie zu ihm und
nickte.

»Es ist mir eine Ehre, Mylady. Ich habe schon
viel von Euch gehört.«

»Bruder Hob!«, rief jemand vom Hintereingang
der Abtei. »Würdest du Brin bitte zum Kontor
des Abtes führen? Er hat eine Nachricht für
seinen Vater.«

»Aye, wir sind gleich da. Bruder, unterhaltet
Riley derweil ein wenig, würdet Ihr so freundlich
sein?«

»Warum setzt Ihr Euch nicht zu mir auf die
Bank dort drüben? Ich wollte mich ohnehin
gerade ausruhen.« Bate deutete auf einen Winkel
des Gartens, während Hob und Brin im Gebäude
verschwanden.

»Das wäre schön.« Sie folgte ihm zu der Bank
und die beiden ließen sich in der Sonne nieder.

»Ist Euch zu kalt, Mylady? Wir könnten ins
Gebäude gehen.«

»Nein, es geht mit gut. Dank meiner begabten
Mutter ist mein Umhang doppelt so dick. Erzählt
mir, wie Ihr hergekommen seid.«

Er zuckte mit den Schultern, und sie verspürte
den starken Drang, über die eine Locke zu
streichen, die immer wieder auf einer Seite in
seine Stirn fiel. Er trug zwar die übliche Tonsur

der Mönche, doch der Wind blies immer wieder vereinzelte Härchen umher. Bate hatte die grünsten Augen, die sie je gesehen hatte. Sie waren sogar noch grüner als die Augen ihres Vaters und ihres Bruders. Auf eine seltsame Weise fühlte sie sich zu ihm hingezogen und sie wollte sich ihm nähern, um seine Wange zu berühren. Sie ertappte sich, wie sie auf seine Lippen starrte und sich dabei fragte, wie ein Mönch wohl schmecken würde.

»Lady Riley?«

Sie errötete, als sie merkte, dass sie nicht richtig zugehört hatte. »Wie bitte? Was habt Ihr gesagt?«

»Ich sagte, ich bin nur für kurze Zeit hier. In ein paar Tagen reise ich nach Europa. Falls ich als guter Abgesandter eingestuft werde, hoffe ich, einer Delegation beizutreten, die zu einer Audienz zum Papst reist.«

Von der Vorderseite der Abtei hörte sie jemanden ihren Namen rufen, und sie drehte sich um, um Torcall zu sehen, der sich mit einem Korb auf dem Arm näherte. »Ich dachte, wir könnten zusammen beim Treibhaus zu Mittag essen. Man sagte mir, wir seien dort willkommen. Willst du mir Gesellschaft leisten?«

Mit einem Blick auf Torcall, dessen helles Haar sich an seinem Kopf kräuselte, der Kraft in seinen Armen und dem Schwert an seiner Seite, schwand all ihre Faszination für Bate. Dies war der Mann, den sie wahrscheinlich heiraten würde. Er war derjenige, den sie küssen wollte und nicht irgendein Mönch, der gerade sein Gelübde abgelegt und sich Gott verschrieben hatte.

»Liebend gern würde ich mit dir kommen und ich bin hungrig. Vielleicht finden wir eine Stelle nicht weit entfernt? Ich möchte noch nicht hineingehen. Es ist zu schön hier, um diesen sonnigen Tag nicht zu genießen. Im Winter haben wir nicht so viele Sonnentage mit blauem Himmel.« Es stimmte zwar, dass es kalt war, aber bislang war noch kein Schnee gefallen und die Sonne fühlte sich gut auf ihrem Gesicht und den Schultern an. Viele Menschen waren im Freien, um den Tag zu nutzen und sie wollte das Gleiche tun.

Sie stand auf und nickte dem Mönch zu. »Es war sehr schön, Euch kennengelernt zu haben, Bruder. Ich würde gern mehr über Eure Berufung hören, wenn ich an einem anderen Tag wiederkomme.«

»Es wird mir jederzeit ein Vergnügen sein, mich mit Euch zu unterhalten, Mylady.« Bate schenkte ihr ein herzliches Lächeln und dann widmete er sich wieder seiner Arbeit im Garten, wobei er im Weggehen winkte.

Torcall hielt ihr seine Hand hin und schlug vor: »Ich habe einen Tisch vor der Abbey gesehen, der in der Sonne steht. Ich denke, es ist dort wärmer als hier. Ich habe eine Decke für dich mitgebracht, also wird dir nicht kalt werden.«

»Wunderbar. Ich werde dir folgen, wohin auch immer du gehst, Torcall.« Sie kannte den Tisch. Es war Onkel Ruaris Einfall gewesen, ihn dort aufzustellen, da die Abbey insbesondere im Sommer von vielen Besuchern aufgesucht wurde. Ihr Onkel war mit dem Schutz der

Abbey betraut und er nahm sein Amt sehr ernst. Und dazu gehörte auch, alle zufriedenzustellen.

Lächelnd schaute sie zu Torcall auf und rügte sich, weil sie auch nur einen Moment lang geglaubt hatte, dass Bate gut aussehend war. Torcall sah in jeder Hinsicht viel besser aus. Darüber hinaus heirateten Mönche nicht und unterhielten auch keine Beziehungen – sie waren mit der Kirche verheiratet.

Sie kamen bei dem Tisch an, auf dem Torcall den Korb abstellte und das Plaid nahm, das obenauf lag, um es auf der Bank auszubreiten.

»Euer Thron, Mylady.«

Lachend setzte sie sich. »Du überraschst mich, Torcall. Mit so etwas hatte ich überhaupt nicht gerechnet.«

Er ließ sich neben ihr nieder. »Nun, ich wollte dir die frohe Botschaft überbringen. Ich habe deinen Vater um die Erlaubnis gebeten, dir den Hof zu machen.«

»Ich hatte gehofft, ihr beide wärt heute Morgen deshalb in seiner Kabinettstube verschwunden.« Sie wollte ihm nicht sagen, was dieser Schritt für sie bedeutete – dass sie begehrenswert war und sich eine Zukunft mit ihm erhoffen konnte. Dass er sie wegen ihrer Andersartigkeit nicht abgewiesen hatte. »Was hat er gesagt?«

Zweifelsohne wusste jeder auf Cameron Castle von Torcalls Treffen mit ihrem Vater und wahrscheinlich hatten sie auch den Grund dafür erahnt. Sie hoffte jedoch die Erste zu sein, welche von der Antwort ihres Vaters erfuhr.

»Er gab mir seine Zustimmung. Mein Blut sei

dasselbe wie das eines Edelmannes, meinte er, und ihm läge mehr an der Ehrenhaftigkeit eines Mannes als daran, wer sein Vater sei.«

»Du Dummerjan. Ich habe dir gesagt, es kümmert ihn nicht, dass du ein Wachmann bist. Schon oft hat er gesagt, das Blut von uns allen sieht gleich aus, wenn man aus einer Wunde blutet. Ich freue mich so, Torcall.« Mit einem Lächeln nahm sie den Haferfladen, den er ihr anbot, und brach ein Stück ab, um es zu verzehren.

Er ließ sich neben ihr nieder. »Das bin ich auch. Dein Vater ist ein guter Mann, und hätte ich Marcas nicht meine Treue geschworen, wäre ich stolz darauf, ihm zu dienen.«

»Hat er dir irgendwelche Fragen gestellt?« Sie wollte jede Einzelheit ihres Gesprächs erfahren.

»Ja, er hat wissen wollen, was ich von deiner besonderen Gabe halte. Und ich habe ihm zur Antwort gegeben, es sei mir einerlei, da ich mich immer um dich kümmern werde. Das ist einer der Gründe, warum ich dich liebe, Riley.« Er hob die Hand und schmiegte sie um ihre Wange. Dann beugte er sich vor und schaute ihr in die Augen.

Ihr Magen schlug Purzelbäume, als sie ihn so nah bei sich hatte. Dann legten sich seine Lippen auf ihre, und er küsste sie anfangs ganz zart, doch dann mit einer Leidenschaft, die ihr zu verstehen gab, dass er mit ihr zusammen sein wollte. Er hielt den Kopf schräg, um den Kuss zu vertiefen und sich mehr von ihr zu nehmen. Sie wollte ihm alles geben, was sie konnte. Sie duellierten und neckten sich und erforschten sich mit ihren Zungen, bis sie fast nach Luft schnappte.

»Halt!«

Bei der Unterbrechung schrak sie zurück. Torcall sprang auf, ergriff aber ihre Hand, um sie nahzuhalten, eine besitzergreifende Geste, die ihr mehr gefiel, als sie erwartet hätte.

»Wer ist da?«, rief er. »Stell dich so, dass ich dich sehen kann.«

Hairalt trat hinter einem Baum hervor und schritt direkt auf sie zu. »Warum hast du das getan, Riley? Warum küsst du einen Narren wie Torcall, wenn du die Meine sein könntest?«

Er kam fast in Reichweite des Schwertes. Torcall zog Riley von der Bank und stellte sich schützend vor sie, sodass sein großer Körper ihr die Sicht auf Hairalt verstellte.

»Hairalt, du wurdest aus dem Gebiet Cameron verwiesen, wie du sehr wohl weißt. Verschwinde. Und bei den Mathesons bist du auch nicht mehr willkommen, nachdem du die Befehle deines Lairds missachtet hast.«

»Ich werde Riley nicht hier zurücklassen. Es ist ihr Schicksal, mit mir zusammen zu sein!« Er verschränkte die Arme und funkelte sie an.

Riley hätte beinahe vor Frustration über Männer geschrien, die nicht auf Frauen hörten. »Ich möchte, dass du verschwindest, Hairalt. Ich habe kein Interesse daran, mit dir zusammen zu sein. In keiner Weise! Verschwinde vom Land meines Vaters.«

Das Gesicht des Mannes wurde scharlachrot und er knurrte. »Das sagst du nur, weil er es dir sagt. Wenn er nicht hier wäre, würdest du in meinen Armen liegen, Riley.«

»Nein, würde ich nicht. Geh. Jetzt.«

Torcall ließ von ihrer Hand ab, trat einen Schritt vor und zog sein Schwert. »Wenn du nicht auf die Lady hörst und gehst, wirst du nie wieder in der Lage sein, jemanden zu küssen.«

Hairalt fluchte, machte auf dem Absatz kehrt und ging davon. »Ihr habt mich nicht zum letzten Mal gesehen!«

Torcall stand wachsam und auf der Hut, bis Hairalt außer Sichtweite war. Erst dann sank Riley auf die Bank zurück.

Torcall schob sein Schwert wieder in die Scheide, ehe er zu ihr zurückkehrte und ihr Gesicht zwischen seine Hände nahm. »Ist dir wohl, Riley? Du zitterst ja.« Er setzte sich dicht neben sie und zog sie an sich. Dankbar lehnte sie sich an ihn und genoss seine Wärme und tröstende Stärke.

»Ich wünschte, er würde verschwinden und nie wiederkehren.«

Irgendwie wusste sie, dass das nie geschehen würde. Er würde wiederkommen.

KAPITEL VIERZEHN

A LS TORCALL SICHER war, dass Riley nichts fehlte, folgte er Hairalt ein Stück weit, um sich zu vergewissern, dass der Mann ihnen nicht auflauerte. Der Narr hinterließ eine eindeutige Spur, die von Cameron Castle wegführte, und so kehrte Torcall mit der Gewissheit zu Riley zurück, dass Hairalt sie zumindest vorerst nicht mehr belästigen würde.

Als er sich der Bank näherte, auf der Riley saß, sah er, dass der junge Mönch aus der Abtei sich zu ihr gesetzt hatte. Als er den Mann das erste Mal gesehen hatte, hatte er ihn nicht gemocht, und er mochte ihn auch jetzt nicht. Ruari trat neben ihn und sein Blick fiel auf Bate mit Riley.

»Der Mann benimmt sich wie kein Mönch, der mir je untergekommen ist«, bemerkte der ältere Mann.

»Einem Mönch kann ich doch bestimmt vertrauen, aye?«

Ruari gluckste. »Da bin ich nicht so sicher. Er ist neu hier und es ist mir egal, ob er ein Mönch ist oder nicht, aber ich würde ihn nicht so nahe bei meinem Mädchen haben wollen. Mönche sind ebenso der Sünde fähig wie der Rest von uns.«

Torcall machte ein finsteres Gesicht und schaute Ruari fragend an. »Aber auf diese Weise? Vermutlich muss ich aufmerksamer sein.«

»Viel aufmerksamer, aber das ist nur, weil sie meine Nichte ist. Ich schätze sie sehr. Und du?«

»Freilich tue ich das«, hätte Torcall beinahe laut ausgerufen. »Warum glaubt Ihr, bin ich immer noch hier bei den Camerons und nicht mit Shaw auf dem Heimweg? Ich bin Hairalt gefolgt, um sicherzustellen, dass er wirklich gegangen ist und nicht einfach nur irgendwo im Buschwerk lauert. Das war zu ihrer Sicherheit und ich habe sie nur ungern allein gelassen.«

»Gut. Setze dich gegen diese Schurken durch. Oder sollte ich vielleicht sagen, gegen diesen Schurken und den Mönch? Bei dem anderen hast du gute Arbeit geleistet, also mach dich jetzt daran, diesen hier loszuwerden.«

Torcall ging hinüber, wo die beiden am Tisch saßen. Sie genossen das Essen, das er für ihr Picknick mitgebracht hatte. Er konnte Riley keinen Vorwurf machen, die Mahlzeit mit einem religiösen Mann zu teilen, aber er wünschte, er wäre nicht fortgegangen, um sie der Aufmerksamkeit eines anderen Mannes zu überlassen und wenn er auch ein Mönch war.

Angesichts all dessen, was passiert war, hielt er es für das Beste, zur Sicherheit zurückzukehren. Vielleicht hatte Ruari ja recht.

»Hairalt ist für den Augenblick fort, aber ich glaube, wir sollten zur Burg zurückkehren.« Er entschied, sachlich zu bleiben und hoffte, dass sie seine Begründung akzeptieren würde. »Hairalt sagte, er würde wiederkommen und ich traue ihm nicht. Ruari reitet ebenfalls zur Burg und ich denke, wir sollten mit ihm gehen.«

»Mylady, Eure Sicherheit ist am allerwichtigsten«, meinte Bate, »und ich mochte den Mann ganz und gar nicht. Ich habe kein Schwert, um Euch zu beschützen. Ihr solltet tun, was Eure Wache und Euer Onkel Euch sagen.«

Torcall atmete erleichtert auf, als der Mönch ihm zustimmte.

»Aye«, meinte Riley. »Hairalt lässt meine Haut kribbeln und ich habe keinen Wunsch, ihn wiederzusehen, ob mein Gesellschafter nun ein Schwert hat oder nicht. Lass uns zur Burg zurückkehren, Torcall.«

Sie kehrten zu ihren Pferden zurück und Torcall half ihr beim Aufsitzen. Er liebte es, seine Hände auf ihre Taille zu legen und wünschte, er könnte sie auf andere Weise berühren. Ihm blieb zu hoffen, ihre Beziehung eines Tages zu vertiefen. Bis dahin genoss er das, was sie unter den gegebenen Umständen aneinander hatten.

Riley schien sehr in Gedanken versunken, sodass sich ihre Unterhaltung auf dem Heimweg in Grenzen hielt. Er behielt ihre Umgebung im Auge und hielt Ausschau nach Anzeichen für Hairalts eventuelle Rückkehr. Auch Ruari drehte den Kopf ständig in die eine oder andere Richtung, um auf der Hut zu sein. Während des Ritts ging Torcall das Gesicht des Mönchs einfach nicht aus dem Kopf. Er hatte den Mann nicht gemocht, doch er konnte keinen Grund dafür nennen. Er war nur froh, dass Riley einfach zugestimmt hatte, zur Burg zurückzukehren.

Als sie in den Burghof ritten, herrschte dort reges Treiben. Eine kleine Feier zu Ehren von Connors und Selas Ankunft war für den Abend geplant. Torcall schwor sich, den ganzen Abend über in Rileys Nähe zu bleiben. Er musste sie beschützen, denn er verließ sich nicht darauf, dass Hairalt nicht zurückkehrte. Wenn der Schuft von diesem Ereignis Wind bekam, würde er kommen, da er wusste, dass er sich unbemerkt unter die Gäste mischen und in die Burg gelangen konnte.

Riley rutschte aus dem Sattel, ehe er bei ihr war, um ihr beim Absitzen behilflich zu sein. Sie schenkte ihm ein Lächeln.

»Ich muss zu Papa und mich bei ihm bedanken«, entschuldigte sie sich errötend, um dann eilends in den Hauptturm zu laufen.

Dort wäre sie sicher genug. Torcall wollte noch eine weitere Patrouille reiten, nur um sich zu vergewissern, dass Hairalt nicht in der Nähe war. Nachdem er Ruari seinen Plan mitgeteilt hatte, lenkte er sein Pferd in Richtung Tor.

Lange Zeit später kehrte er in den Hof zurück und wusste nicht, ob er erleichtert oder frustriert war, nichts von Hairalt zu Gesicht bekommen zu haben.

Er nahm sich die Zeit, um sich zu waschen und frische Kleidung anzuziehen, ehe er zum Nachtmahl und den Feierlichkeiten in die große Halle ging. Da er an den Tisch der Wachen verwiesen wurde, während Riley auf der Estrade saß, hatte er kaum eine Gelegenheit sich mit ihr zu unterhalten, und somit überlegte er sich genau, wie er sich auf Hairalts Ankunft vorbereiten sollte. Er prägte sich jeden Zugang zur Halle, von außen ein und wusste, wie er am schnellsten von seinem Platz zu Riley gelangen und sie dann in Sicherheit bringen konnte. Aber das Essen verlief ohne Zwischenfälle, und er fing langsam an, entspannter zu atmen.

Nach dem Essen kehrten viele der Wachen auf ihre Posten zurück. Torcall machte sich auf den Weg zur Feuerstelle. Von dort aus hatte er den besten Blick auf alle, die kamen und gingen. Er konnte die Finger nicht von seinem Schwert lassen, das er in der Scheide trug. Eigentlich sollte er es bei dieser Gelegenheit gar nicht tragen, aber er wusste, dass sowohl Aedan als auch Shaw seine Entscheidung gutheißen würden. Beide erwarteten von ihm, Riley zu beschützten.

Jedes Mal, wenn er die junge Frau, sein Mädchen, ansah, dankte er dem Herrn für sein Glück. An diesem Abend trug sie ein dunkelviolettes Kleid mit lavendelfarbenen Bändern. Ihr Haar fiel in langen dunklen Wellen offen über ihre Schultern.

Er verspürte den plötzlichen Drang, sie unbekleidet zu sehen, wenn ihr Haar sie so offen umrahmte wie im Augenblick. Doch dann rügte er sich für seine unreinen Gedanken, während sie nicht weit entfernt war.

Riley stand in einer Gruppe mit Sela und ihrer Mutter und kicherte und plauderte über irgendetwas, während Connor, Ruari und Aedan am Tisch sitzend in ein ernstes Gespräch vertieft waren. Einige Wachmänner saßen mit ihren Frauen oder Geliebten zusammen, um einen letzten Bissen zu essen oder noch einen Schluck Ale zu trinken, während ein Musikant seine Harfe stimmte und sich darauf vorbereitete, die in der Halle verbliebenen Gäste zu unterhalten.

Wie aus dem Nichts tauchte Dyna neben Torcall auf. »Hör auf, dich wegen ihm zu sorgen und kümmere dich lieber um dich selbst.«

»Wegen mir mache ich mir keine Sorgen.« Er nahm die Hand vom Griff seines Schwertes und verschränkte die Arme.

»Doch, das tust du. Achte auf deine Träume. Wenn nicht, wirst du es bereuen.« Das Mädchen war hübsch, ihr hellblondes Haar war zu Zöpfen geflochten, die nach nordischer Art um ihr Haupt gewunden waren. Noch nie hatte er so blaue Augen wie die ihren gesehen. Sie funkelten nicht, aber sie hatten eine Intensität, die ihn verunsicherte.

»Ich hatte letzte Nacht keine Träume«, entgegnete er.

Der Musikant begann aufzuspielen, und ein paar Wachen gesellten sich mit Trommel und Pfeife dazu, sodass der Klang alle Gespräche in der großen Halle übertönte.

Sie schnaubte. »Du träumst jede Nacht. Jeder tut das. Du musst dir Mühe geben, dir die Träume ins Gedächtnis zurückzurufen. Jemand versucht, dir etwas mitzuteilen, aber du hast deinen Geist vor dieser Person verschlossen.« Sie setzte sich auf einen großen Stuhl, drehte sich auf die Seite und ließ ihre langen Beine über die Armlehnen des Stuhls fallen. Wäre sie ein bisschen älter, wäre diese Haltung ungehobelt, denn so zog sich ihr Kleid bis zu den Knien hoch.

»Ich habe meinen Geist vor niemandem verschlossen. Wovon redest du?«

Sie kniff die Augen zusammen und erklärte: »Wenn du sie nicht hören willst, wirst du sie nicht hören. Du musst die Gabe akzeptieren, mit der du gesegnet bist, um Nutzen daraus ziehen zu können. Hör auf, dagegen anzukämpfen.«

»Welche Gabe?«

»Du könntest ein Seher sein, wenn du es akzeptieren würdest. Das könnte dein Leben verändern. Es könnte auch das Leben eines anderen Menschen retten.«

Torcall hatte bereits geahnt, dass es ihr darum ging, aber wie konnte ein so junges Mädchen die Gabe eines Sehers begreifen? Oder wissen, wer einer sein würde? Zu viele Fragen schwirrten in seinem Kopf herum. »Mir gefällt mein Leben, wie es ist. Wie würde die Tatsache, ein Seher zu sein, es verbessern?«

»Es gibt noch mehr über Hairalt zu wissen. Ich weiß nur. dass jemand versucht, dir eine Botschaft zu übermitteln, und du musst sie hören, oder du riskierst eine Katastrophe.« Sie sprang auf und lief in Richtung ihres Vaters davon. Doch dann blieb sie noch einmal stehen und drehte sich mit einer letzten Bemerkung zu ihm um. »Fürs Erste ist er fort, aber willst du nicht mehr über sein Geschick erfahren?«

Unsicher, was er sagen oder denken sollte, schaute Torcall sie nur an.

Kopfschüttelnd schaute er sich um. Eine junge Frau ergriff Brins Hand und brachte ihn dazu, vor den Musikanten zu tanzen. Ein paar Wachen gesellten sich zu ihnen, und Dyna schaute ihn vielsagend an, und zeigte dann auf Riley. Zumindest diese Botschaft verstand er deutlich.

Er ging auf Riley zu und hielt ihr einladend die Hand hin.

»Willst du tanzen, Mylady?«

»Mit Vergnügen, Mylord.«

Sie fasste seine Hand mit einem breiten Lächeln und zog ihn zu der Gruppe von Tänzern hinaus. Sie fingen an, sich im schnellen Takt der Musik zu bewegen, und ihre flinken Schritte, gaben ihm ein Gefühl von Leichtfüßigkeit.

Die Freude auf Rileys Gesicht war so ein schöner Anblick, dass er den Blick nicht von ihr abwenden konnte. An diesem Abend war sie einfach zauberhaft. Jedes andere Mädchen verblasste im Vergleich zu ihrer strahlenden Schönheit. Niemand würde bei ihrem Anblick vermuten, dass sie Visionen hatte und mit den Toten sprach.

War sie für diese Gabe auserwählt worden oder war es Zufall? Und die Fähigkeit, von der Dyna so überzeugt war, dass er sie besaß? Was genau hatte das Mädchen damit gemeint, seinen Geist zu verschließen? Er verdrängte seine schwirrenden Gedanken auf später. Jetzt würde er erst einmal das Tanzen genießen.

Sie tanzten lange, bis sie schließlich eine Pause einlegten, um Luft zu holen. Ruari klopfte Torcall auf die Schulter und lächelte, was ein klares Zeichen der Zustimmung war.

Torcall verbeugte sich vor Riley. »Vielen Dank, Mylady.«

»Es war mir ein Vergnügen, Sir.« Sie zwinkerte ihm zu. »Bitte entschuldige mich für einen Moment.«

»Natürlich. Wenn du zurückkommst, können wir uns vielleicht hinsetzen und ein Gebäck und einen Becher Honigwein zusammen genießen.«

Er sah ihr nach, als sie zu Sela hinüberging, und die Köpfe zusammengesteckt mit einem Lächeln auf den Lippen verschwanden die beiden durch einen Gang, der zum Ruheraum für die Frauen und zum Abtritt führte. Er schlenderte zur Feuerstelle hinüber und schloss sich einer Gruppe von Männern an, die sich über die Anzeichen des Wetters austauschten, die sie beobachtet hatten, und was sie für den kommenden Winter vorhersagten. Torcall war das einerlei – wenn Riley in seinem Leben war, wäre ihm warm ums Herz.

Er hatte erwogen, sie zu begleiten, doch scheinbar hatte sie allein gehen wollen. Seiner Vermutung nach, würde sie sich um ihre persönlichen Bedürfnisse kümmern und sich dabei ein wenig Privatsphäre wünschen. Leider hatte er mit seiner Vermutung ins Schwarze getroffen. Das Schicksal hatte dasselbe gedacht, denn kurze Zeit später trat sie aus dem kurzen Durchgang, der zum Abtritt führte, mit einem Männerarm um ihre Taille geschlungen, der sie umklammert hielt. Ihr erschrockener Gesichtsausdruck riss ihm fast die Eingeweide aus dem Leib.

Der Mann war dunkelhaarig und bärtig und trug ein Plaid in Farben, die Torcall nicht kannte, eng um seine Schultern. Torcall näherte sich vorsichtig, um den Mann nicht zu erschrecken, während dieser Riley um den Rand der Halle zur Außentür drängte.

Erst als er nahe genug war, um die Stimme des Mannes zu hören, erkannte er, dass es Hairalt war, der bis zur Unkenntlichkeit verkleidet war.

»Halt!« Im Handumdrehen hielt Torcall sein Schwert in der Hand.

Connor Grant war beinahe ebenso schnell. Leider bemerkte keiner von ihnen den Dolch, den Hairalt an die zarte Haut von Rileys Hals hielt, bis sie fast bei ihm waren.

»Bleibt zurück! Es sei denn, ihr wollt sehen, wie ich ihr vor euren Augen den Hals aufschlitze. Sie gehört mir, und sie wird eher sterben, als dass ich sie hergebe. Wir gehen, und niemand wird uns folgen, oder ihr werdet sie nie wieder lebend sehen.«

»Lass sie gehen, Hairalt«, gebot Torcall. »Das ist eine seltsame Art, deine Zuneigung zu einem Mädchen zu zeigen.«

»Meine Wachen umstellen bereits die Burg«, meinte Aedan. »Du wirst niemals durch die Mauer hinauskommen.«

»Nein, sie werden mich durchlassen. Sie wird mich heiraten und meine Frau werden. Es ist deine Schuld, dass du nicht den besten Ehemann für sie akzeptierst. Ich habe versucht, es richtig zu machen, aber ich wurde abgewiesen. Ich akzeptiere keine Ablehnung. Wenn du mich kennen würdest, wüsstest du, wie wahr das ist.«

Dyna schlenderte hinüber und stellte sich rechts neben Connor. Sie war ein Kind, das sich einem Schuft entgegenstellte. »Geh zurück, Mädchen«, raunte Torcall ihr flüsternd zu.

»Lass sie nur machen«, meinte Connor.

Dyna lächelte Torcall zu, und dann richtete sie ihren intensiven Blick auf Hairalt. »Also, lass uns mal sehen, ob ich das richtig verstehe. Du willst uns alle glauben machen, dass du Riley liebst? Das tut keiner von uns. Du denkst nur an dich selbst. Riley, er will dich zum Jahrmarkt in Inverness mitnehmen. Und dann nach Edinburgh, Glasgow, vielleicht London. Vielleicht nimmt er dich sogar mit über den Kanal nach Frankreich oder noch weiter.«

»Halt dein vorlautes Mundwerk. Wer zum Teufel bist du? Riley, wer ist sie?« Hairalt zuckte nervös zusammen.

»Meine Cousine. Sie ist eine Seherin«, antwortete Riley.

»Ein Teufel ist sie«, fluchte Hairalt. »Du kannst gar nichts sehen.«

Hairalts Hand zitterte. Dyna warf einen blitzschnellen Blick zu ihrem Vater, der noch unauffälliger nickte. Hairalt, der seine Aufmerksamkeit auf Riley gerichtet hatte, schien von dieser stummen Kommunikation nichts bemerkt zu haben.

Dyna schlenderte vor Hairalt hin und her und ihr Gang war störend, aber nicht bedrohlich. »Ich sehe einen Mann, der versucht, deine besondere Gabe zu Geld zu machen, Riley. Er hat vor, einen

Haufen Geld mit dir zu verdienen und er will
dich ganz für sich allein behalten. Er will mit dir
als Attraktion herumreisen und den Leuten Geld
abnehmen, um dich zu sehen. Er will aus deiner
besonderen Gabe Kapital schlagen und der Welt
erzählen, dass du eine sonderbare Kreatur bist,
und er wird dich als die Frau bezeichnen, die mit
den Toten reden kann.«

»Halt den Mund!«, schrie Hairalt. »Halt dein
verdammtes Lügenmaul, du Zwerg!«

Doch Dyna ging weiter auf und ab, nervte,
intrigierte. Ihr Ton war sarkastisch, brutal. »Du
musst Riley für eine Närrin halten, wenn du
glaubst, sie würde jemals einwilligen, mit dir zu
gehen.«

Hairalt brüllte: »Lügnerin, du lügst! Du weißt
gar nichts! Woher willst du das wissen!«

»Riley, wusstest du, dass dieser Tor bereits ein
Gesuch an unseren König geschickt hat, um zu
erfahren, ob er für deine Fähigkeiten bezahlen
wird? Der schottische König zuerst, aber auch der
englische König, wenn er mehr zahlen würde,
damit du ihm antwortest, um mit all seinen toten
Verwandten zu sprechen. Ihren Müttern, ihre
Väter, und ihren Kindern.«

Nun flossen Rileys Tränen in Strömen und
benetzten ihre Wangen, als Dyna fortfuhr. Als
wäre es nicht schon schlimm genug, mit einem
Messer bedroht zu werden, musste es eine Qual
sein, von Dynas Worten getroffen zu werden.

»Hör auf«, bat Torcall an Dyna gewandt. »Bitte.
Schau, was du ihr antust.«

Riley wünschte sich, sie könnte Torcall umarmen und ihn nie wieder loslassen. Er sah sie und nicht Hairalt. Er erkannte ihren Schmerz und ihre Angst und sehnte sich danach, dem ein Ende zu machen.

Sie erfasste die Liebe und die Qual auf Torcalls Gesicht, und seine Frustration über Dynas Verhalten, und sie wusste, er war der richtige Mann für sie. Ihre Blicke trafen sich, und sie hatte keinen Zweifel daran, dass alles gut werden würde, wenn er an ihrer Seite wäre.

Ihr Blick wanderte zu ihrer Mutter, die in Tränen ausgebrochen war. Dann erblickte sie den Zorn auf dem Gesicht ihres Vaters, Onkel Ruaris und Brins.

Aber nicht auf Connors. Connor stand ruhig und ausdruckslos da, seine Augen wirkten kalt und stahlgrau und darin blitzte eine Emotion auf, die sie nicht erkennen konnte. Doch dann erkannte sie es.

Stolz.

Stolz auf seine Tochter.

»Kommt und seht Riley Cameron!«, rief Dyna. »Die sonderbarste Maid im ganzen Land, die mit den Toten sprechen kann. Sie spricht mit eurer Mutter, dem Vater, mit wem auch immer ihr wollt. Nur eine Goldmünze und sie erzählt euch alles. Engel oder Dämon? Ihr entscheidet!«

Riley sah, wie Torcall sich bewegte, aber Connor hielt ihn auf.

In Torcalls Augen glitzerten unvergossene Tränen. Für sie.

»Oder waren es zehn Goldmünzen?«, fragte Dyna. »Für welchen Preis wolltest du sie verhökern?«

Hairalt spie seine Antwort heraus. »Nein, ich habe nur eine Silbermünze von unserem König verlangt.« Dann hielt er sich den Mund zu, denn ihm ging auf, dass er soeben ein Geständnis abgelegt hatte, und das nur, weil ein Kind ihn manipuliert hatte.

Riley erschauderte, als sie ein unmerkliches Nicken von Dyna zu ihrem Vater wahrnahm.

Dyna blieb mit dem Rücken zu Hairalt stehen und machte eine Bewegung, die Riley nicht ganz verstand, aber das Mädchen fuhr fort, ihren Fänger verbal anzugreifen.

»Hairalt, du hast fünfzig Goldmünzen zu unserem König gesagt!«

»Habe ich nicht! Ich habe das nie verlangt. Ich habe diese Worte nie zu jemandem gesagt.» Hairalt schob Riley beiseite und stürmte auf Dyna zu, seinen Dolch mitten auf ihren Rücken gerichtet. Jemand schrie auf, aber Dyna wich ruhig zur Seite. Sie machte Platz für das Schwert ihres Vaters. Connor streckte den Schuft nieder, ehe Hairalt ihn überhaupt hatte kommen sehen.

Connor war der schnellste Schwertkämpfer, den sie je erlebt hatte, aber Torcall war ihm dicht auf den Fersen, da er sofort neben ihrem Cousin war. Doch als Hairalt in einer Lache seines eigenen Blutes zu Boden sank, ließ Torcall sein Schwert fallen und stürzte sich auf sie.

Sie fiel in seine warmen Arme und schluchzte.

»Vergiss alle Worte deiner kleinen Cousine. Du bist keine sonderbare Kreatur, kein Fremdling, kein Dämon und auch kein Engel, und ich danke Gott dafür. Du bist das schönste Mädchen, das je gelebt hat. Glaube diese grausamen Worte nicht.« Er umarmte sie, und führte sie zu einem Stuhl, auf den er sich setzte und sie auf seinen Schoß nahm, um ihr ins Ohr zu flüstern: »Niemals. Niemand denkt das von dir.«

Torcall hielt sie nicht für eine Laune der Natur. Nur das zählte. Sie klammerte sich an ihn, als wollte sie ihn nie wieder loslassen.

Sie hasste Hairalt, und all die Menschen, die sie für seltsam hielten. All jene, die sie auslachten, sie anstarrten oder über ihre Gabe tuschelten.

Es war keine Gabe, sondern manchmal ein Fluch.

Fast hätte sie ihr den Tod gebracht.

Was sollte sie jetzt unternehmen?

KAPITEL FÜNFZEHN

TORCALL STAND BEIM Kamin und trank dankbar aus dem Humpen in seiner Hand. Riley war zu Bett gegangen, und ihre Mutter war ganz in ihrer Nähe. Er hatte schon viel bei den Mathesons erlebt, angefangen mit dem Fluch und allem, was damit zusammenhing, bis hin zur Entlarvung der Intrigen der MacKinnies, aber noch nie hatte er so etwas wie die Ereignisse dieses Abends erlebt. Die Koordination zwischen Connor und Dyna war so perfekt aufeinander eingespielt, als hätte Dyna genau gewusst, wann Hairalt die Kontrolle verlieren und wie er dann reagieren würde.

Dyna kam mit einem Obsttörtchen in der Hand durch die Halle geschlendert. Ihr Vater und Aedan gingen hinter ihr.

»Ich wusste genau, wann er die Fassung verlieren würde«, sagte sie und nahm einen großen Bissen von der Leckerei. Der Saft lief ihr über die Hand.

»Ich hätte ahnen müssen, dass du meine Gedanken kennst. Sind die Fähigkeiten der Seher im gesamten Grant Clan so stark ausgeprägt?«

Verwundert schüttelte er den Kopf. Erst kürzlich hatte er sich mit Rileys Gabe angefreundet. »Was genau sind deine Fähigkeiten? Hast du Visionen wie Riley?«

»Nein. Ich kann Dinge spüren. Das können die Gedanken einer Person sein oder ob etwas Bedeutendes passieren wird. Zum Beispiel das Gefühl, das ich hatte, dass ich heute mit meinen Eltern herkommen musste.« Mit einem vernehmlichen Schlürfen leckte sie sich den Saft von den Fingern. In mancher Hinsicht war sie reifer als ihre Jahre, und in anderen genau das junge Mädchen, das sie sein sollte.

»Erzähl mir mehr.« Er fühlte sich, als würde er in eine neue Welt eindringen. Riley besaß eine besondere Gabe und laut Dyna Grant hatte er das auch. Aber er hatte keine Vorstellung, wie er damit umgehen sollte.

Dyna schmunzelte. »Du musst deinen Verstand öffnen. Zuhören.«

»Auf was hören? Auf meine Träume?«

»Aye, auf deine Träume. Aber auch auf alles andere. Du musst es akzeptieren, und dann musst du es üben. Ich übe, indem ich mich durch eine geschäftige Halle bewege und meinen Verstand für alles offenhalte. Ich kann nicht alle Gedanken hören, aber nur die Gedanken, die eine sofortige Reaktion verursachen oder die allerwichtigsten Gedanken. Je dramatischer die Handlung umso lauter ist der Klang. Es ist, als würden Alarmglocken in meinem Kopf läuten, wenn ich weiß, dass eine Person im Begriff ist, zu handeln. Ich wusste, dass Hairalt daran dachte, anzugreifen und von Riley abzulassen. Also habe ich meinem Vater ein Zeichen gegeben.«

»Ich habe dein Nicken bemerkt und das Zeichen, das du mit der Hand gemacht hast. Was hat ihm das gesagt?«

»Sich bereitzumachen, diesen Schuft umzubringen«, meinte Connor. »Schon oft haben die Sinne meiner Tochter Tragödien verhütet, wie auch heute Abend.«

Aedan und Connor setzten sich an den Kamin, während Dyna in der beinahe leeren Halle lustige Tanzschritte vollführte. Hairalts Tod hatte die festliche Atmosphäre verständlicherweise gedämpft und die meisten Gäste waren kurz darauf aufgebrochen.

»Es war wundervoll, eure Koordination zu beobachten«, meinte Torcall zu Connor.

»Das Wichtige ist, dass wir ihn erledigt haben, ehe er Riley bekommen hat«, meinte Connor.

»Wenn er versucht hätte, den Hauptturm zu verlassen, wäre er nicht weit gekommen, aber ich bevorzuge deine Methode, Grant««, meldete sich Aedan zu Wort. »Trotzdem ist es gut, dass deine Tante eine Heilerin ist und somit weiß, wie sie das Blut vom Fußboden bekommt.«

Alle schmunzelten, doch dann meinte Connor: »Wir werden bei Tagesanbruch aufbrechen. Scheinbar war dieser Abend der Grund für Dynas starkes Bedürfnis, hier zu sein. Viel Glück für dich und Riley, Torcall. Ich sehe einer baldigen Hochzeit offen entgegen.« Lächelnd schaute er zu Aedan.

»Noch nicht ganz«, murmelte Aedan.

Connor hob Dyna auf seine Arme, und stieg die Treppe hinauf.

»Ich danke dir, Dyna!«, rief Torcall den beiden nach.

Sie winkte ihm zu. »Meine Aufgabe hier ist hier erledigt. Jetzt liegt es an dir, Torcall. Öffne deinen Geist.«

Wenn er nur wüsste, was sie meinte.

Jäh wurde Torcall aus dem Schlaf gerissen und setzte sich im Bett auf. Er hatte geträumt, doch er konnte sich nicht erinnern. Der Schweiß troff ihm von der Stirn, und er wischte ihn fort. Dann stützte er die Ellbogen auf die Knie und hielt den Kopf zwischen den Händen.

Es war fast Weihnachten, und er schwitzte in einer Kammer, in der nur noch die Glut im Kamin glomm.

Mit geschlossenen Augen versuchte er, sich seinen Traum wieder zusammenzureimen. Er hatte eine Frau gesehen, eine wunderschöne Frau, die ein bisschen wie Rileys Mutter Jennie aussah. Sie hatte ihn gerufen, als wollte sie ihm etwas sagen, aber er konnte sich nicht rühren. Er war an der Stelle, an der er stand wie erstarrt ... und er dachte, es war außerhalb des Hauptturms.

»Du musst zuhören«, hatte die Frau im Traum zu ihm gesagt.

Nur daran konnte er sich erinnern.

Er fuhr sich mit der Hand durch die Haare und versuchte, die Unordnung zu glätten, die er durch das Gewälze im Schlaf verursacht hatte.

Dann stand er auf und ging hinaus, um sich zu erleichtern. Er könnte den Abtritt benutzen, doch er sehnte sich nach der klaren Nachtluft.

Er trat durch die kleine Tür im Ringwall, und die Wachen nickten ihm zu, als er hinausging. Er winkte zurück. Mehr als alles andere musste er einen klaren Kopf bekommen.

In einiger Entfernung von der Burg fand er einen Baum und erledigte sein Bedürfnis. Es war kühl, doch das war ihm einerlei, und er ging ein wenig umher, ehe er eine breite Eiche aussuchte, an der er sich anlehnen konnte, wenn er sich setzte. Er schloss die Augen und tat sein Bestes, um sich an jede Einzelheit des Traums zu erinnern, genau wie Dyna es ihm aufgetragen hatte. Wenn es seine Aufgabe war, Riley zu beschützen, musste er das auch tun.

Augenblicke später stand dieselbe Frau da, die ihm in seinem Traum erschienen war. Sie trug ein dunkelgrünes wollenes Kleid, dessen Mieder mit goldenen Bändern durchwirkt war. Ihr Haar, das in Kaskaden über ihren Rücken wallte, war von einem satten Kastanienbraun, und nur eine Nuance heller als Rileys. Sie besaß ein zauberhaftes Lächeln, doch als sie sich ihm näherte, verblasste es.

»Wer seid Ihr?«, fragte er, während er sich wieder erhob und dankbar war, die raue Rinde des Baumes an seinem Rücken zu spüren. Dieses Gefühl gab ihm die Gewissheit, dass dies real war und kein Traum.

»Ich bin jemand, der Riley sehr liebt. Ich habe viele wunderbare Enkelkinder, aber

Riley und Dyna sind etwas Besonderes, wenn auch auf unterschiedliche Weise. Sie besitzen Begabungen, die zu nutzen sie gerade erst lernen. Aber Riley braucht deine Hilfe. Du musst genau zuhören, wenn du dir über eine Situation Sorgen machst.«

»Wie? Dyna hat es mir versucht zu erklären, aber ich begreife es nicht.«

»Wenn jemand im Begriff ist, einem anderen Schaden zuzufügen, wirst du einen seltsamen Ton hören, der dir als Warnung dient. Du musst dich anstrengen, um ihn zu vernehmen, aber wenn du genug übst, wird es dir immer leichter fallen. Bitte, Torcall Massie. Meine liebe, süße Riley braucht dich.«

»Ich werde mein Möglichstes tun.« Er wusste nicht, was er noch sagen sollte.

»Oh«, meinte sie, »und mach dir keine Sorgen. Sie liebt dich wirklich sehr. Hab keine Angst, ihr zu sagen, was du empfindest.«

»Bitte, wer seid Ihr? Wie ist Euer Name?»

»Sag meiner Tochter, dass ihre Stiefel nicht stabil genug sind.«

Sie wandte sich zum Gehen, doch er konnte sie nicht einfach fortlassen. »Warte! Wer ist Eure Tochter?«

»Torcall, du musst rasch lernen. Riley wird deine Fähigkeiten heute brauchen, oder du wirst sie verlieren.«

»Was? Und wann? Was muss ich tun?«

Wieder lächelte sie und antwortete dann: »Du wirst es wissen. Sei wachsam!«

Jemand rüttelte ihn heftig an der Schulter, und

er drehte sich um und schüttelte den Betreffenden ab. »Lass mich in Ruhe.« Er schlug die Augen auf und stellte fest, dass er immer noch an der alten Eiche saß.

»Massie, wach auf. Du hast einen Albtraum. Es klingt, als würdest du die Vögel anschreien.« Brin stand vor ihm. »Du hast eine Kammer im Haus. Warum schläfst du hier draußen? Weißt du nicht, dass du bis zum Morgen erfroren sein wirst?«

Torcall stand auf, sah sich um und schüttelte den Kopf, um ihn zu klären. »Die Frau. Hast du sie gesehen?«

»Frau? Da war keine Frau. Ich konnte dich von der Mauer aus sehen. Sobald ich bemerkte, dass du dich nicht rührst, bin ich hergekommen. Die Wachen sagten, du seist seit geraumer Zeit hier draußen. Warum willst du nicht in deine Kammer zurückkehren?«

Torcall schüttelte einfach den Kopf. Er hatte geträumt, aber dieses Mal hatte er, wie Dyna ihm gesagt hatte, zugehört. Er musste Rileys Großmutter kennengelernt haben.

Jemand würde heute versuchen, Riley umzubringen, und er war der Einzige, der etwas dagegen unternehmen konnte.

KAPITEL SECHZEHN

RILEY TAPPTE DIE Treppe hinunter und trat in die Halle. Sie nahm einen Honigkuchen von der Anrichte, auf der das Frühstück angerichtet war, und ging zum Kamin, wo ihre Mutter mit ihrer Handarbeit saß.

»Mama, kannst du mir bitte das Haar flechten?«

»Freilich. Bring den Schemel her, damit du dich draufsetzen kannst. Wie geht es dir? Es war so ein schrecklicher Abend. Es tut mir so leid, was vorgefallen ist, aber wenigstens bist du nicht verletzt worden.«

Sie nickte und erinnerte sich an ihren Schrecken und ihre Verwirrung, als Hairalt sie packte, nachdem sie aus dem Abtritt getreten war. Noch immer konnte sie die Klinge seines Dolches an ihrem Hals spüren. »Ich versuche, das meiste zu vergessen.«

»Das meiste? Nicht alles?« Sie zog den Kamm durch die langen Locken ihrer Tochter, wobei sie die verworrensten Stellen mit den Fingern glättete.

»Ich möchte mich an Torcall erinnern. Alle anderen haben nur auf Hairalt und Dyna geachtet, aber er hat meine Angst gesehen. Ich glaube, er liebt mich tatsächlich.« Sie gab sich den beruhigenden Berührungen ihrer Mutter hin, deren Bewegungen geschickt und tröstlich waren.

»Ich stimme dir zu. Was empfindest du für ihn?« Sie zupfte an einer ungewöhnlich verhedderten Stelle und Riley zuckte zusammen, ohne etwas zu sagen. »Tut mir leid, Liebes.«

Sie spürte die Röte, die ihr über den Nacken kroch und ihre Wangen überzog. Brin kam mit einer Schale Äpfel aus der Küche und hielt sie ihr vor die Nase. Sie nahm einen und wiegte die Frucht in ihren Händen. »Ich liebe ihn. Bestimmt. Ist er schon zu seinem Frühstück gekommen?«

»Ich glaube nicht, dass du ihn so bald zu Gesicht bekommen wirst«, entgegnete Brin.

»Nein? Was ist mit Connor und Dyna? Gestern Abend hatte ich keine Gelegenheit, ihnen zu danken.«

»Sie sind bei Tagesanbruch aufgebrochen und ich soll dir ausrichten, sie würden dich bald auf der Hochzeit sehen.«

»Welche Hochzeit?« Sie drehte den Kopf, so gut es ging, da ihre Mutter noch immer mit ihrem Haar beschäftigt war.

»Deine Hochzeit, Schwester. Dyna hat gesagt, Torcall und du würdet als Nächste heiraten.«

»Aber er hat nicht einmal bei Papa um meine Hand angehalten und mir gar nichts von seinen Plänen erzählt. Mama, denkst du, sie könnte recht haben?«

»Manchmal sieht Dyna Dinge, die kommen

werden. Bestimmt hast du schon oft die Geschichten gehört, wie sie ihre anderen Cousins vor Unheil bewahrt hat.« Ihre Mutter band den Zopf. »Mein Bruder erzählt mir, sie sei erstaunlich. Wegen ihr geraten Alick, Els und Alasdair in alle möglichen Schwierigkeiten. Aber sie hat ihnen auch schon das Leben gerettet, so wie sie gestern Abend für dich gehandelt hat.«

»Sie fürchtet sich nicht«, meinte Brin. »Es ist unglaublich, ihr zuzuschauen.«

»Nur, weil sie so stark auf ihren Vater vertraut«, entgegnete ihre Mutter.

»Und wo ist Torcall?«, wollte Riley erfahren.

Brin wies mit einer Geste zu den Quartieren der Wachen. »Er hatte eine schlaflose Nacht. Ich habe ihn vor dem Morgengrauen schlafend an einem Baum gefunden. Ich denke, er hatte einen Albtraum. Und ich wette, er hatte einen, der ihn nach draußen gelockt hat. Sein Gesichtsausdruck war ganz merkwürdig und zuerst war er nicht ganz bei Sinnen. Aber ich bin überzeugt, dass es ihm wieder gut geht, sobald er ein wenig mehr geschlafen hat. Ich habe ihn zu Bett geschickt.«

»Wahrscheinlich hat er von letzter Nacht geträumt. Das war für uns alle furchtbar«, meinte ihre Mutter.

Brin nahm sich einen Apfel. »Aye. Ich gehe hinaus, um mit Papa zu reden.« Als Brin die Tür öffnete, trat jemand herein. »Nachricht für Lady Riley.«

Brin schickte den Boten, einen der Stallburschen aus der Abtei, zu ihr hinüber. »Bruder Bart lädt Euch heute kurz vor der Mittagszeit zu einem Mahl ein. Er hat Euch etwas Besonderes zubereitet, um Euch die Erinnerung an den vergangenen Abend leichter zu machen.«

Riley verspürte keinerlei Lust zu gehen. Vielmehr war sie daran interessiert, mit Torcall zu sprechen, doch ihre Mutter sagte: »Geh ruhig hin. Der Besuch in der Abtei wird dich ablenken.«

»Das ist anzunehmen«, stimmte Riley zu. Sie wandte sich an den Jungen. »Ich werde dort sein. Bitte richte Bruder Bate meinen Dank für die Einladung aus.«

Rileys Mutter schickte den Jungen in die Küche, um sich dort ein Obsttörtchen für den Rückweg zur Abbey abzuholen. Gerade in dem Moment, als er ging, betrat Torcall die Halle.

»Guten Morgen, Torcall«, begrüßte ihre Mutter ihn lächelnd. »Bitte entschuldige mich, ich muss in die Küche.«

Riley war für die Privatsphäre dankbar und erwiderte das Lächeln ihrer Mutter.

Dann waren sie allein – sowohl sie als auch Torcall hatten bis spät in den Tag hinein geschlafen. Tatsächlich würde sie in einer Weile zu dem Ritt in die Abbey aufbrechen müssen.

»Guten Morgen, Riley. Wie hast du geschlafen?«

Sie erhob sich von ihrem Schemel und ging zu einem Tisch, ehe sie ihm ein Zeichen gab, sich ihr gegenüber niederzulassen. »Es war alles andere als erholsam, aber ich glaube, ich habe besser geschlafen als du. Wie ich hörte, wurdest du von Albträumen geplagt und hast die halbe Nacht unter einem Baum verbracht.«

Selbst mit den Schatten unter seinen blauen Augen sah er noch sehr gut aus. »Es war keine halbe Nacht, aber mehr als klug war, wie ich vermute. Hast du schon Pläne für den Tag? Ich hatte gehofft, wir könnten einen Ausritt unternehmen. Es sieht nach einem sonnigen Tag aus.«

»Das würde ich gerne. Und ich muss dir auch noch einmal für alles danken, was du gestern Abend für mich getan hast.«

»Ich habe gar nichts getan. Dein Cousin und seine Tochter haben am meisten getan.«

Sie griff nach seiner Hand. »Aber du hast mich gehalten, als mir die Tränen kamen. Das werde ich nie vergessen, Torcall. Du warst wundervoll.«

»Ich bin einfach nur froh, dass du nicht verletzt wurdest. Ich nehme dich jederzeit in den Arm, wenn du mich brauchst.« Er grinste. »Vielleicht musst du gehalten werden, nachdem wir ein Stück von der Burg fortgeritten sind.«

Riley unterdrückte ein Kichern. »Ich helfe Mama bei einem neuen Kleid, das sie für mich näht, und dann breche ich um die Mittagszeit zur Abbey auf.«

»Dann werde ich mit dir reiten.«

»Wenn du dich zu erschöpft fühlst, musst du nicht mitkommen. Brin wird mich begleiten, und Onkel Ruari kann mit mir nach Hause zurückkehren.«

Torcall bekam einen sonderbaren Gesichtsausdruck, als antwortete er jemand anderem. Doch das war rasch wieder vorbei, und er lenkte seine Aufmerksamkeit wieder auf sie zurück. »Es ist meine Pflicht und mir ein Vergnügen, dich zu beschützen. Shaw hat es mir befohlen. Ich werde mit dir reiten.«

»Gut. Ich weiß, dass du alles tun wirst, was Shaw dir aufträgt. Ich freue mich darauf.«

Er stand auf und sagte: »Ich habe deinem Bruder versprochen, mit ihm zu üben. Er versucht, seine Kampfkunst zu Connors Niveau zu verbessern.« Torcall erhob sich und vollführte eine leichte Verbeugung vor ihr. »Bis zu unserer Verabredung später.«

In diesem Moment kam ihre Mutter herein. »Komm, Mädchen. Ich möchte dieses Kleid fertig bekommen.«

Torcall nickte und wandte sich zum Gehen, wobei seine breiten Schultern beinahe die gesamte Türöffnung ausfüllten. Riley seufzte froh und unruhig zugleich, als er davonging.

»Was stimmt denn nicht?«, erkundigte ihre Mutter sich.

»Ich bin mir nicht sicher, aber irgendetwas bedrückt ihn.«

Hatte es etwas mit ihr zu tun? Was hatte er in seinen Albträumen gesehen?

Torcall war mehr als unruhig. Er hatte von Rileys Großmutter geträumt und war von ihr gewarnt worden, dass Riley heute in Gefahr sein würde, aber er hatte keine Ahnung, wie er das verhüten sollte. Wie sollte er auch nur ansatzweise eine Ahnung haben, wann genau diese Gefahr lauern würde? Oder in welcher Form sie sich zeigte?

Vielleicht würde ein Baum auf sie stürzen oder sie würde vom Blitz getroffen. Und wie könnte er solche Ereignisse verhindern?

Mehrmals war er alles gedanklich durchgegangen, aber da Hairalt nicht mehr existierte, hatte er keine Ahnung, wer oder was Riley bedrohen könnte.

Jeden Winkel der Burg hatte er abgesucht und jedem zugehört und er hatte ein offenes Ohr für wütende Töne, Veränderungen im Tonfall, laute Töne und jede Form von Aura gehabt, ohne etwas gehört zu haben. Er hatte sogar in den stillen Raum gelauscht, in der Hoffnung, etwas aufzuschnappen, das einen Hinweis darauf lieferte, woher die Bedrohung kam.

Was um alles in der Welt sollte er noch tun?

Er übte mit Brin, bis er Riley sah, wie sie den Hauptturm verließ und auf die Stallungen zuhielt.

»Verdammt, Massie! Du kannst nicht einfach stehen bleiben und sie jedes Mal anstarren, wenn du sie siehst. Ich hätte dir fast mein Schwert in den Oberschenkel gerammt«, brummte Brin.

»Tut mir leid. Ich dachte nur, ich sollte sie auf ihrem Ritt zur Abbey begleiten.«

»Wir beide werden sie begleiten, dafür sorgen, dass sie sicher ankommt, und ihr dann ihre Privatsphäre lassen. Dort wird ihr nichts zustoßen.« Brin schob sein Schwert in die Scheide und eilte zum Stall, um Riley auf ihr Pferd zu helfen.

Torcall folgte ihm, aber anstatt sein eigenes

Pferd zu holen, stellte er sich dumm, indem er in ihrer Nähe stehen blieb und lauschte. Er wusste, es sah merkwürdig aus, aber er tat, was ihm gesagt wurde. Aber er hörte nichts, weder mit seinen Ohren noch mit seinem Verstand.

Als sie zur Abbey ritten, kam ihm plötzlich eine Idee. Er könnte mit Rileys Mutter sprechen. Rileys Großmutter hatte ihm eine Botschaft für sie gegeben – zumindest glaubte er, diese Botschaft sei für sie bestimmt – und vielleicht würde sie etwas über den Rest des Traums wissen.

An der Tür zur Abbey drückte er Riley die Hand. »Ich werde dir Zeit für deine Einkehr lassen und dich in einer Weile wieder abholen, Mylady. Ist dir das recht?«

»Aye, Torcall. Ich werde bereit sein. Und du musst aufhören, mich Mylady zu nennen. Ich sehe dich bald wieder.« Sie trat ein.

Er blickte zu Brin. »Bleibst du hier, nur für den Fall? Ich habe etwas in der Burg zu erledigen, aber ich werde mich beeilen.«

»Aye, Torcall. Ich muss mein Pferd nicht hin und her rennen lassen.«

Als Torcall nach seinem Ritt zurück in den Burghof ritt, sah er Jennie mit Aedan in der Nähe der Tür zur Halle reden. Als er abstieg, war Aedan bereits auf dem Weg zum Wachhaus, während Jennie auf ihn wartete, da sie zu wissen schien, dass er sie zu sprechen wünschte.

»Mylady, dürfte ich Euch einen Moment sprechen?«, fragte Torcall.

»Gewiss, Torcall. Du siehst aus, als hättest du einen Geist gesehen.«

»Vielleicht habe ich das.«

Sie winkte ihn zu einer Bank bei einer kleinen Baumgruppe innerhalb der Ringmauer. »Hier können wir uns unter vier Augen unterhalten. Was beunruhigt dich?«

»Letzte Nacht hatte ich einen Traum.« Er hielt inne und überlegte, wie er am besten fortfahren sollte.

»Brin hat erzählt, du hättest einen Albtraum gehabt. Es tut mir leid, das zu hören. Für uns alle war es eine schwierige Nacht.«

»Aye. Ich denke jedoch, es waren mehr als nur Träume. Als Dyna hier war, sagte sie mir, ich solle auf meine Träume hören. Ich habe nicht verstanden, was sie damit meinte, und ich bin mir dessen noch immer unsicher, aber der Traum der letzten Nacht unterschied sich von den anderen, an die ich mich erinnern kann. Ich bin nicht sicher, wie ich ihn deuten soll. Ich frage mich, ob es für Euch von Bedeutung sein könnte, was ich dabei erfahren habe.«

»Nur zu. Ich werde dir helfen, falls ich dazu imstande bin.«

Für einen Augenblick richtete er den Blick zu Boden, ehe er die Augen schloss und versuchte, sich an die genauen Worte der weiblichen Erscheinung zu erinnern. »Ich bin in meinen Träumen einer Frau begegnet, die mir auftrug, ihrer Tochter eine Nachricht zu überbringen. Ich glaube, sie meinte Euch.«

»Du hast von meiner Mutter geträumt?« Jennies Augen weiteten sich, doch sie wirkte dabei ganz und gar nicht zweifelnd. Müsste er ihren

Gesichtsausdruck mit einem Wort beschreiben, würde er sagen, sie sah wissbegierig aus. »Erzähl mir mehr. Wie hat sie ausgesehen?«

»Sie sah aus wie Ihr. Ihr Haar reichte ihr bis zur Taille und hatte die gleiche Farbe wie Eures. Sie trug ein waldgrünes Gewand mit goldenen Bändern. Sie sagte, ich solle ihrer Tochter – Euch – ausrichten, dass Eure Stiefel nicht stabil genug seien.«

Jennie sprang von der Bank auf und fuhr sich mit der Hand an den Mund. Ihre Augen glänzten vor Feuchtigkeit, aber sie holte tief Luft und setzte sich wieder. »Das ist etwas, worüber meine Mutter mir immer wieder Vorträge gehalten hat. Immer wieder hat sie mit gesagt, meine Stiefel seien nicht stabil genug. Was immer sie dir außerdem in deinem Traum erzählt hat, bedeutet, dass du auf sie hören musst. Was hat sie gesagt?«

»Dass Riley heute in Gefahr sein wird, und es mir obliege, sie zu retten.«

Jennie ergriff seine Hand. »Reite zur Abbey. Jetzt! Sie isst mit Bate zu Mittag. Aedan mag ihn nicht und Ruari auch nicht. Ich werde dir gleich nachkommen. Erst muss ich Aedan holen.«

Torcall wartete nicht. Er saß auf und ritt zur Abbey zurück. Er war sich sicher, dass sein Pferd durch zähen Honig galoppierte, so lange schien es zu dauern.

Brin kam zu ihm herausgerannt. »Was ist los?«

»Riley. Wo ist sie?«

»Drinnen. Ich zeige dir den Weg. Warum?«

»Ich glaube, sie ist in Gefahr. Eine Erklärung gebe ich dir später.«

Sie betraten die Abbey und wären beinahe mit einer Nonne zusammengestoßen.

Brin wurde kaum langsamer, als er sie ansprach. »Schwester, könnt Ihr mir sagen, wo Riley ist? Sie kam herein, um sich mit Bate zum Mittagsmahl zu treffen.«

»Ich habe gerade gesehen, wie er sie zum Treibhaus geführt hat. Das ist der ruhigste Ort für Besucher und warm in der Sonne. Er sagte, sie habe gestern einen schrecklichen Abend gehabt.«

»Vielen Dank!«

Sie eilten einen der langen Gänge entlang und bogen um eine Ecke in einem weiteren Gang.

Torcall schwirrte der Kopf. Obwohl der Gang verwaist war, konnte er eine Stimme hören, die wie ein Echo verzerrt klang, das in sich selbst verworren war.

»Trink das, Riley«, hörte er einen Mann sagen.

Und Torcall wusste Bescheid.

Bate hatte die Absicht, Riley Schaden zuzufügen.

KAPITEL SIEBZEHN

RILEY WÜNSCHTE SICH, sie hätte einfach mit Torcall zur Abbey kommen können, um mit ihm an ihrer Seite über das Gelände zu schlendern und die Ereignisse des vergangenen Abends aus ihrer Erinnerung verschwinden zu lassen. Sie wollte keine Mahlzeit mit Bate einnehmen, doch sie hatte ihre Zustimmung gegeben, herzukommen. Ihre einzige Hoffnung war, die Mahlzeit rasch hinter sich zu bringen und Torcall zu finden. Doch Bate legte ein merkwürdiges Verhalten an den Tag.

»Meine Güte, Ihr seid aber schön heute, Riley.« Er verbrachte zu viel Zeit damit, bei ihrem Mittagsmahl geschäftig herumzuwuseln. Immer wieder ging er hin und her, dreimal strebte er zum Weinkrug und zurück, ohne ihn allerdings einzuschenken.

Was ging nur in seinem Kopf vor?

»Habe ich Euch schon gesagt, wie schön Ihr heute ausseht, Riley?«, fragte er mit einem nervösen Kichern.

»Ja, das habt Ihr. Was ist los, Bate?« Irgendetwas

stimmte nicht mit ihm, doch sie konnte nicht sagen, was es war.

Sie waren im Treibhaus, wo er einen kleinen Tisch mit einem Tischtuch bedeckt und zwei Stühle dazugestellt hatte. Darauf war eine leichte Mahlzeit angerichtet. Auf dem Bord an der Wand hinter ihm stand ein Krug Wein, ein frischer Laib Brot, gut gereifter Käse, dünne Scheiben kalten Roastbeefs und Birnentörtchen.

Sie liebte Birnen.

Doch sie war nur ungern mit Bate allein und wenn sie gewusst hätte, dass die Mahlzeit unter diesen Umständen stattfinden würde, wäre sie gar nicht gekommen. Dies mutete zu intim an.

Er schenkte ihr etwas Wein ein und sagte: »Hier, probiert, ob er Euch mundet.«

»Nein, noch nicht. Ich möchte lieber zuerst etwas essen.«

»Bitte trinkt ihn. Ich habe ihn extra für Euch ausgesucht.«

Seufzend nahm sie den Becher entgegen, schnupperte, um zu sehen, ob das Aroma angenehm war. Allein am Geruch konnte sie erkennen, ob ihr ein Wein schmeckte. Dieser hier besaß ein eigentümliches Aroma. Sie runzelte die Stirn.

»Habt Ihr ihn probiert? Er duftet anders.« Sie stellte den Kelch wieder ab, da sie den Wein noch nicht probieren wollte. Möglicherweise gehörte er zu den Weinen, die ruhen mussten, ehe sie ihren vollen Geschmack entfalten konnten.

»Ja, er ist recht süffig. Bitte trinkt ihn. Er wird Euch munden.«

Woher wollte er wissen, welche Weine ihr mundeten? Wenn sie einen Schluck trank, würde er vielleicht aufhören, sie weiter zu drängen. Sie setzte den Kelch an die Lippen, doch noch bevor der Wein ihren Mund benetzte, flog die Tür auf. Ihr Bruder stürmte herein, Torcall war direkt hinter ihm.

Torcall eilte an ihre Seite. »Nein! Trink das nicht!«

»Torcall, was ist los mit dir? Es ist doch nur ein Kelch Wein.«

»Bitte, Riley. Der Wein ist nicht gut, und ich irre mich nicht.«

Sie stellte den Kelch ab. Torcall hatte sie noch nie in die Irre geführt. Sie vertraute ihm, ohne zu zaudern. Gemäß ihrer Mutter liebte er sie und würde nichts tun, was ihr schaden könnte.

»Wenn du sagst, der Wein sei schlecht, werde ich ihn nicht trinken. Aber, Torcall, woher willst du das wissen? Worum geht es hier?«

Bate ergriff den Kelch und drückte ihn grob und eindringlich an ihre Lippen. »Trink. Das. Jetzt.«

»Nein.« Torcall griff nach dem Kelch und probierte einen Tropfen. Dann rümpfte er angewidert die Nase. »Ich hatte recht. Dieser Wein ist nicht in Ordnung.« Er schüttete ihn in die Erde eines Pflanzkübels in der Nähe.

»Halt, der ist nicht für dich!« Bate sprang auf Torcall zu und schlug ihm den Becher aus der Hand, aber da war er schon leer.

Riley wich zurück, als sie den irren Blick in Bates Augen bemerkte. Sie erinnerten sie an die

Augen von Hairalt gestern Abend. Was um alles in der Welt war hier los? Als wären Bate, Brin und Torcall nicht schon genug, stürmten auch noch ihre Eltern in das Treibhaus.

Schreie erfüllten das Gewächshaus. Bate stürzte quer durch den Raum in Richtung Hintertür, und ihr Vater brüllte: »Brin, schnapp ihn dir! Lass ihn nicht entkommen!«

Brin und ihr Vater nahmen Bates Verfolgung auf, während ihre Mutter aus der Vordertür trat und schrie: »Hilfe! Ich brauche hier hinten Hilfe!«

Torcall stellte den leeren Kelch ruhig auf den Tisch und nahm Riley in seine Arme. »Torcall, was um alles in der Welt ist hier los?« Sie strich ihm über die Wange. »Hast du von dem Wein getrunken oder nicht?«

»Nur einen winzigen Tropfen«, antwortete er und seine Lippen bewegten sich an ihrem Haar. Er holte tief Luft und ließ sie langsam ausströmen. »Gerade genug, um das Gift zu schmecken. Aber es macht mich ein bisschen schläfrig, glaube ich.«

Ihre Mutter kam zu ihnen und schlang die Arme um Riley und Torcall, wo sie standen. »Der törichte Mönch hat versucht, dich zu vergiften Riley. O Torcall, du bist fast ebenso dumm wie der Mönch. Was hast du dir gedacht, als du ein bisschen davon getrunken hast?«

»Ich musste beweisen, dass er vergiftet war. Verzeiht mir, Mylady«, meinte er, als er auf den nächstgelegenen Stuhl sank und sich am Tisch festhielt, um das Gleichgewicht zu halten.

In diesem Moment erschienen mehrere Mönche und Nonnen und drängten sich um sie.

»Mylady, was ist geschehen?«, fragte jemand.

Ihre Mutter wandte sich an die Gruppe in ihrem Rücken.

»Bruder Bate hat versucht, Riley zu vergiften. Dieser Mann« – sie warf Torcall einen liebevollen Blick zu – »hat ein wenig davon probiert. Zu welchen Giften könnte er Zugang gehabt haben? Bitte sagt es mir, falls er genug getrunken hat, um davon Schaden zu nehmen. Ich kann ein Heilmittel für ihn bereiten.«

Die Nonnen schauten sie an und schüttelten ungläubig den Kopf, doch dann trat ein Mönch vor. Riley erkannte den Apotheker der Abbey. »Er bat mich um einen Schlaftrunk. Er sagte, er könne nicht einschlafen und erbat sich genügend für ein paar Nächte.«

»Welche Menge habt Ihr ihm gegeben? Genügend, um jemandem das Leben zu nehmen?«, fragte Jennie und bemühte sich sichtlich um eine ruhige Stimme.

»Nein, nur zwei Portionen. Er bat um genug für drei Nächte, doch so viel wollte ich ihm nicht geben.« Der Mönch musterte Torcall. »Ein kleiner Schluck wird Euch nicht schaden, Mann, selbst wenn Ihr die volle Potenz trinken würdet. Aber Ihr werdet vielleicht ein wenig schlafen.«

Torcall lächelte. »Ich danke Euch, Bruder. Selbst wenn ich die doppelte Dosis innehätte, wäre das ein gerechter Preis für Rileys Sicherheit. Ich hoffe nur, dass der Mann gefasst wird.«

»Es tut mir leid, dass Euer Tag so durcheinandergebracht wurde«, meinte Riley.

Der kleinste Mönch lachte. »Die meisten

von uns lieben gelegentlich ein gründliches Durcheinander, Mylady.« Er wurde nüchterner. »Aber wir sind diejenigen, die Euch eine Entschuldigung schulden. Ihr wart in unserer Obhut, und Euer Leben schwebte in Gefahr. Das ist in der Tat eine schwere Sünde. Wir werden alles daransetzen, um die Sache wiedergutzumachen.«

Brin erschien durch den Hintereingang und schob Bate vor sich her. Bates Hände waren auf dem Rücken gefesselt, und er hatte einen Schmutzfleck auf seinem nicht mehr ganz so hübschen Gesicht. Rileys Vater folgte ihnen.

»Warum, Bate?«, fragte Riley. »Warum wolltest du versuchen, mich zu vergiften?«

Bate richtete sich auf und mühte sich um einen trotzigen Ausdruck. »Ich habe nicht versucht, Euch zu vergiften. Jemand anderer muss den Schlaftrunk in den Wein getan haben.«

Der Mann erfand eine Lüge nach der anderen, und die Unwahrheiten jagten einander so geschwind von der Zunge, wie ein Eichhörnchen nach einer Nuss.

Torcall trat vor. »Du hattest vor, sie in Schlaf zu versetzen und sie in die große Truhe dort drüben zu legen. Dann wolltest du sie an Bord eines Schiffes nach Europa schmuggeln. Du hattest gehofft, dass ihre besondere Gabe dir zu einer Audienz beim Papst verhelfen würde.«

Bate schaute finster drein, denn scheinbar hatte er erkannt, dass seine sicherste Wahl darin bestand, sich in Schweigen zu hüllen.

»Wie hast du das herausgefunden, Torcall?«, fragte Riley.

Er grinste und zuckte mit den Schultern. »Ich habe endlich gelernt, zuzuhören und auch hinzusehen. Bate hat einen furchtbaren Tonfall. Er war ziemlich nervtötend.« Er rieb sich ein Ohr und legte den Kopf schief. »Als ich die Truhe im Treibhaus sah, fand ich sie seltsam, und dann entdeckte ich die Löcher, die hineingestanzt worden waren, um Luft einzulassen. In meinem Kopf läutete es, wie die Glocken einer Kathedrale, als ich mir alles zusammenreimte.«

»Du hast gelernt, deine Gabe anzunehmen? Dyna hat mir erzählt, sie hätte mit dir darüber gesprochen.« Dass auch er mit einer besonderen Gabe gesegnet war, begeisterte sie derart, dass sie um seine Hand anhalten wollte. Der Himmel musste seine Hand im Spiel gehabt haben, um einen Mann und eine Frau zusammenzubringen, die so perfekt harmonierten.

»Ich habe akzeptiert, dass ich noch viel zu lernen habe, aber du bist mein wahres Geschenk. Willst du mich heiraten, Riley? Ich höre, es wird viele Kinder geben, auf die wir uns freuen dürfen.«

EPILOG

Vierzehn Tage später auf Black Isle

RILEY MASSIE STAND inmitten der Feenschlucht und hoffte, dass Violet erscheinen würde. Sie streckte ihrem Mann die Hand hin, worauf er leise neben sie trat und ihre Hand fester umfing, als sie erwartet hatte.

»Es wird alles gut, Torcall. Ich möchte sie nur wissen lassen, dass wir zusammen und glücklich sind. Wir werden nicht lange bleiben. Ich wollte zuallererst hierherkommen, um das zu erledigen.«

Er beugte sich vor und küsste sie auf die Wange. »Ich vertraue dir vollkommen, Liebste. Aber wenn sie wünscht, dass ich mich entferne, werde ich das tun.«

Sie drückte seine Hand und wandte sich dann dem Wasserfall zu, in der Hoffnung, dass Violet noch erscheinen konnte.

»Violet? Ich habe jemanden mitgebracht, der dich sehen will.« Nichts. »Violet, ich wollte mich vergewissern, dass du nun imstande bist, weiterzuziehen. Haben wir genug getan, um dir zu helfen, bei Nils zu bleiben?«

Sie hörte ein Rascheln in der Ferne und gab Torcall ein winziges Nicken, um ihn wissen zu lassen, dass Violet auf dem Weg war.

Die Bäume seitlich des Wasserfalls teilten sich, und Violet trat in einem langen, goldenen Kleid aus dem Nebel bis zum Rand hervor, um vor den beiden stehen zu bleiben. Sie schien über das Wasser zu schreiten, ohne dabei nass zu werden. Das war gewiss etwas, wozu ein einfacher Mensch nicht in der Lage war. »Ich grüße dich, Riley. Torcall kann mich noch nicht sehen, aber ich werde es ihm gleich erlauben. Ich muss dir zuerst etwas sagen.«

Riley blickte zu Torcall. »Sie ist hier.« Ihre Augen verschleierten sich, als sie sich wieder der schönen Frau vor ihr zuwandte.

»Du und Torcall seid füreinander bestimmt«, verkündete Violet. »Der Himmel sagt es, und das musst du wissen. Torcall hat mich nie wirklich geliebt. Wir waren jung und wussten damals nicht viel über die Liebe. Ich wusste nicht, wie ich ihn wegschicken sollte, ohne seine Gefühle zu verletzen.« Sie hielt inne und richtete den Blick auf den Boden. Eine Träne fiel – Riley hatte nicht gewusst, dass Geister weinen konnten. Sie konnte nicht verhindern, dass ihre eigenen Augen feucht wurden.

Violet hob den Kopf und fuhr fort. »Inzwischen weiß ich es besser, und es tut mir leid, um ein Haar dazu beigetragen zu haben, dass ihr beide eure Liebe füreinander nicht entdeckt habt. Aber ich freue mich so, euch verheiratet und glücklich zu sehen!« Sie winkte mit den Händen über dem

Kopf und rief so einen dicken Nebel heran, der sie unsichtbar machte.

»Violet? Bitte geh nicht.«

»Stimmt etwas nicht?«, flüsterte Torcall. Mit lauter Stimme rief er: »Ich wollte dir nicht wehtun, Violet.«

Eine Handvoll Schmetterlinge flogen aus einem Baum auf und Violet trat aus dem Nebel. »Sei gegrüßt, Torcall. Du hast mir nicht wehgetan.«

Torcall schnappte nach Luft und fasste Rileys Hand so fest, dass sie ihn kneifen musste, damit er sie losließ. »Es tut mir leid«, flüsterte er. »Ich kann nur nicht glauben, dass sie wirklich vor mir steht. Violet, es tut mir leid.«

»Es gibt nichts, wofür du dich entschuldigen musst, mein lieber Freund«, meinte Violet. »Ich bin hier, um mich bei dir zu entschuldigen. Ich war in Nils verliebt, aber ich war naiv und mir hat deine Aufmerksamkeit gefallen. Und ich wusste nicht, wie ich dir von Nils erzählen sollte. Und bitte, bedaure nichts für mich.« Sie sah über ihre Schulter und streckte die Hand aus. Ein Mann trat vor und ergriff sie.

»Kennst du ihn?«, fragte Riley an Torcall gewandt.

»Ja, ich kenne ihn. Sei gegrüßt, Nils. Es tut mir leid, dass ihr beide dem Fluch zum Opfer gefallen seid.«

»Massie, wie schön, dich wiederzusehen. Es muss dir nicht leidtun. Hier ist es wunderschön und unsere Liebe wird ewig währen. Du wirst es eines Tages selbst erleben, doch bis dahin wird es noch lange dauern.«

Violet warf Riley eine Kusshand zu und sagte: »Vielen Dank, dass du mir geholfen hast, weiterzuziehen. Ihr beiden werdet ein wundervolles Leben zusammen haben und mit wundervollen Kindern gesegnet sein. Aber ihr habt noch viel Arbeit vor euch. Ihr wurdet zusammengebracht, weil ihr beide eine besondere Gabe besitzt, und gemeinsam könnt ihr mehr erreichen, als ihr je ahnen könnt.«

Riley blickte zu Torcall auf. Als sie dann wieder zu dem anderen Paar schaute, waren die beiden bereits verschwunden.

Violets letzte Worte hallten durch den sich auflösenden Nebel zu ihnen. »Es steht in den Sternen geschrieben.«

Torcall umarmte Riley innig. »Ich danke dir, Riley. Ich liebe dich so sehr.«

»Ich liebe dich auch.«

»Glaubst du, es ist wahr? Wir werden wichtige Dinge zusammen tun?«

»Ja, ich glaube immer, was Geister mir sagen.«

Er trat einen Schritt zurück und umfasste ihr Gesicht. »Wahrhaftig?«

»Es steht in den Sternen, Torcall.«

Schweigend verließen sie die Schlucht, denn sie waren beide ein wenig benommen von dem gerade Erlebten. Torcall hob Riley auf sein Pferd und saß hinter ihr auf.

»Ich bin froh, dass du mit mir zusammen reitest.«

Sie überstürzten ihre Rückkehr nicht und verweilten bis zur Dämmerung im Wald. Doch als sie sich den Mauern von Eddirdale Castle näherten, fragte Riley sich, ob sie nicht schneller hätten reiten sollen.

»Was zum Teufel ist hier los?«, fragte Torcall.

Es herrschte Chaos, Reiter und Pferde füllten den Innenhof, überall blaue Plaids und flackernde Fackeln.

Sie kamen so nah wie möglich heran, bevor sie abstiegen. Sie spähte durch die sich vertiefende Dunkelheit und fragte: »Onkel Logan? Bist du es wirklich, der diesen ganzen Ärger verursacht?«

»Ja, und ihr solltet besser Platz machen. Wir waren auf halbem Weg von eurer Hochzeit nach Hause, als wir die Nachricht über Brigid erhielten. Du gehst Gwynie besser aus dem Weg, sonst rennt sie dich nieder.«

Eine Stimme hinter ihm bellte: »O Logan, mach den Mund zu und hol meine Sachen. Sei gegrüßt, Riley. Wir können bald plaudern, aber zuerst müssen wir uns um wichtigere Dinge kümmern.«

Die beiden rannten an ihnen vorbei. Sorcha und Cailean folgten, Sorcha zuckte mit den Schultern. »Tut mir leid, Riley, aber das passiert jedes Mal, wenn ein neues Enkelkind auf die Welt kommt.« Sie verdrehte die Augen, wie nur Sorcha es fertigbrachte. Dann kicherte sie und eilte mit einem Winken zum Hauptturm.

Riley und Torcall folgten ihnen und kamen schließlich drinnen an, wo Padraig sie zum Kamin winkte. »Ihr solltet lieber aus dem Weg gehen. Gisella rennt herum und weiß nicht, was sie als Nächstes tun soll, aber sie ist so aufgeregt wie ihre beiden Brüder. Wo ist deine Mutter?«

»Ein kleines Stückchen hinter uns. Aber warum? Ist Tante Brenna nicht schon da? Sie hat gesagt, sie käme von der Hochzeit her.«

»Das sagte sie, aber wir alle haben eine Überraschung erlebt. Eine zweite Heilerin mit Hebammenkenntnissen wäre willkommen. Jennet und Brigid sind beide so weit, ihre Kinder zur Welt zu bringen.«

»Heute Abend?«

Padraig nickte.

»Ich kehre besser zurück und helfe meiner Mutter, damit sie sich beeilt.«

Ihre Mutter, Tara und Shaw kamen gerade durch die Tür, als Riley hinauswollte. Das bedeutete, dass alle Mathesons hier waren. »Beeil dich, Mama. Tante Brenna braucht dich. Heute Abend sind zwei Kinder unterwegs!«

Torcall und Riley folgten allen ins Haus, und die beiden ließen sich mit Tara und Shaw an einem Tisch nieder. »Macht es euch bequem«, meinte Tara. »Wenn es so wird wie damals bei Alex Grant, könnte es die ganze Nacht dauern.«

Das Chaos ging weiter, und es dauerte nicht lange, bis Onkel Quade und Onkel Logan in der großen Halle auf und ab liefen und auf Nachrichten von ihren Frauen warteten, die beide oben waren. Marcas schritt auf der Galerie auf und ab. Ab und zu betrat er die Kammer, um nach Brigid zu schauen. Ethan sagte, er würde nicht von Jennets Seite weichen.

Logan fluchte. »Matheson darf reingehen. Aber warum? Nur weil er der Laird des Clans ist?«

»Vielleicht, weil es seine Frau ist?«, schlug

Quade gedehnt vor. »Ich habe kein Verlangen, dort drinnen zu sein. Ich will nicht erleben, wie mein Mädchen leidet.«

»Ein Vater sollte mehr Rechte haben als der Ehemann«, verlangte Logan. »Wie viele Töchter haben wir da oben, Quade, und nicht eine kann herauskommen und uns über unsere Babys informieren.«

Ein hoher Heulton ertönte aus einer der Kammern über der Treppe. Riley sah Tara an und flüsterte: »Das klang wie Brigid. Ich hoffe, es geht ihr gut.«

Tara sagte: »Ich bin sicher, es geht ihr gut. Du weißt ja, wie eine Geburt vonstattengeht.«

Riley starrte ihren Onkel Logan an, der mit großen Augen zu der Kammer über ihnen starrte. »Onkel Logan weiß, was sich an diesem Schnittpunkt des Lebens abspielt, aber wenn man seinen Gesichtsausdruck betrachtet, bin ich mir nicht sicher, ob er sich noch daran erinnert.« Die ganze Halle verstummte, als sie Brigids Wehklagen hörten. Marcas war beim ersten Schrei in die Kammer gestürmt.

Onkel Logan drehte sich um und sagte: »Matheson, wo zum Teufel bist du, damit ich dir die Eier abschneiden kann, weil du meinem kleinen Mädchen solche Schmerzen bereitet hast?«

Die Tür zum Hauptturm öffnete sich und Micheil trat zusammen mit Diana ein. »Haben wir es noch rechtzeitig geschafft?«

»Wer ist das?«, fragte Torcall flüsternd.

»Logan und Quades Bruder Micheil und seine

Frau. Diana ist Laird der Drummonds.«

»Ein weibliches Oberhaupt?«, Shaw pfiff anerkennend.

»Wo zum Teufel ist Lina, Micheil? Du weißt, dass ich sie hier haben wollte«, gellte Logan, der umhertigerte.

»Sie kommt gleich nach. Sie wurde durch ein Gespräch aufgehalten. Ich konnte es nicht abwarten. Ich wollte keinen Augenblick von euch beiden in eurer Qual verpassen.« Der große Mann kam herüber und legte seinen beiden Brüdern die Hand auf die Schultern. »Das ist wundervoll. Ich denke, das wird heute Abend ein tolles Spektakel, Diana.«

Grinsend schüttelte Diana den Kopf und stieg die Treppe hinauf.

Torcall flüsterte: »Dein Onkel Logan ist der kleinste der Brüder, aber er ist der beste Schwertkämpfer?«

»Aye, und der beste Bogenschütze, Spion und alles andere, was es sonst noch gibt.«

»Der beste Großvater«, bellte Logan. »Das ist überaus wichtig.«

»Und der beste Lauscher«, fügte Riley lachend hinzu.

Eine kurze Weile später kam Rileys Mutter aus einer der Kammern und rief von der Galerie: »Es ist ein Mädchen und sie ist wundervoll.«

Tante Brenna stürzte aus einer anderen Kammer und stand auf dem Balkon. »Ein schönes Mädchen, Quade. Sie sieht genauso aus wie Jennet. Kein einziges Haar auf dem Kopf, genau wie ihre Mutter.« Sie schlug die Hände zusammen, dann drehte sie sich um, als hätte sie gerade erst ihre Schwester bemerkt, die dort stand. »Jennie?«

Ihre Mutter lächelte. »Ein kleines Mädchen.«

»Wie lange ist das her?«

»Nur einen Augenblick?«

»Wirklich? Ist es wieder passiert?« Die beiden Schwestern standen dort und schauten sich an, während die restlichen Anwesenden in der Halle auf jedes ihrer Worte warteten. Die Heilerinnen hatten mit den Enkelkindern ihres Bruders Alex fast das Gleiche erlebt. Sie hatten in einer kalten Winternacht gleich drei Kindern auf die Welt geholfen.

»Ich kann es nicht glauben!«, sagte Jennie, als sie ihre Schwester umarmte.

»Und beide sind gesund?«, rief jemand fragend aus der versammelten Menge in der Halle.

»Ja, gesund und wunderschön«, rief Tante Brenna.

Die Tür öffnete sich, und Avelina schlenderte herein, wobei sie alle ignorierte, als sie die Treppe hinaufstieg. Tante Brenna zog sie in Jennets Kammer.

Onkel Logan fiel vor Freude auf die Knie und stieß den Ramsay Schlachtruf so laut aus, dass sich alle die Ohren zuhielten.

Zwei Mädchen am gleichen Tag zur gleichen Zeit.

»Zwei Ramsay Kriegerinnen!«, brüllte Logan erneut, und Riley lachte über seine Aufregung.

Avelina kam aus der einen Kammer, ging in die andere und schlenderte dann die Treppe hinunter, auf jedem Arm ein Baby. Quade, Logan und Micheil eilten zum Fuße der Treppe.

»Heute sind nicht nur zwei Ramsay Kriegerinnen, sondern auch zwei Kriegerprinzessinnen geboren worden, und ich kann es kaum erwarten, sie zu den starken Mädchen heranwachsen zu sehen, die sie werden sollen«, verkündete Avelina.

Alle drei großen, stämmigen Männer beugten sich vor und begrüßten die neugeborenen Mädchen.

»Brüder, das sind Reyna und Isla.«

ENDE

www.keiramontclair.net

LIEBE LESER/INNEN,
vielen Dank fürs Lesen! Wie Sie sehen können, leitet diese Geschichte direkt zu meiner nächsten Serie über. So wie die Highland Schwerter die dritte Generation der Grants mit Alasdair, Alick, Els und Dyna war, wird diese nächste Serie von der dritten Generation der Ramsays zusammen mit einigen anderen handeln. Aber sie wird mit Reyna und Isla beginnen und vor allem die Fähigkeiten der Ramsay Bogenschützen ehren.

Jetzt muss ich mir nur noch einen Namen für die Serie einfallen lassen. Highland Bogenschützen? Highland Bögen? Wir werden sehen!

Ich hoffe, es wird eine Serie mit sechs Büchern, aber wer weiß?

Viel Spaß beim Lesen und schöne Feiertage!

Keira Montclair
www.keiramontclair.net

WEITERE BÜCHER VON KEIRA MONTCLAIR

JAKE aus den Highlands– Buch Vier
ASHLYN aus den Highlands– Buch Fünf
MOLLY aus den Highlands– Buch Sechs
JAMIE UND GRACIE aus den Highlands –
Buch Sieben
SORCHA aus den Highlands – Buch Acht
KYLA aus den Highlands – Buch Neun
BETHIA aus den Highlands – Buch Zehn
LOKIS WINTERREISE – Buch Elf
ELIZABETH aus den Highlands

DIE BANDE DER COUSINS
1-Highland Rache
2-Highland Entführung
3-Highland Vergeltung
4-Highland Lügen
5.-Highland Stärke
6.Highland Verehrung
7.-Highland Treue
8.- Highland Kraft

HIGHLAND HEILERINNEN

Der Fluch von Black Isle
Die Hexe von Black Isle
Die Geißel von Black Isle
Die Geister von Black Isle
Das Geschenk von Black Isle

HIGHLANDSCHWERTER
DER VERRAT DER SCHOTTIN
DIE SCHOTTISCHE SPIONIN
DIE JAGD DES SCHOTTEN

DIE PRÜFUNG DES SCHOTTEN
DIE TÄUSCHUNG DES SCHOTTEN
DER ENGEL DER SCHOTTEN

<u>WEITERE BÜCHER</u>
DIE VERBANNUNG DES HIGHLANDERS

<u>TRILOGIE SHAWS UND MACROBS</u>

Buch 1 Highland Fehde
Emma Prince
Buch 2 Highland Verführung
Cecelia Mecca
Buch 3 Highland Geheimnisse
Keira Montclair

ÜBER DIE AUTORIN

KEIRA MONTCLAIR IST das Pseudonym einer Autorin, die mit ihrem Ehemann in South Carolina lebt. Sie schreibt aufregende historische Romane, oft mit Kindern als Nebenfiguren.

Wenn sie nicht schreibt, verbringt sie gern Zeit mit ihren Enkelkindern. Sie hat als Highschool-Mathematiklehrerin, als Krankenschwester und als Büroleiterin gearbeitet. Sie liebt Ballett, Mathematik und Rätsel, lernt gern neue Dinge und hat Spaß am Erschaffen neuer Figuren, in die sich ihre Leser verlieben können.

Sie ist erst mit ihrem Werk zufrieden, wenn ihre Leser Tränen über ihre Geschichten vergießen, aber zum Schluss gibt es immer ein Happy End!

Ihre Bestseller-Reihe ist eine Familiensaga, die das Leben zweier mittelalterlicher schottischer Clans über drei Generationen hinweg verfolgt und mittlerweile über dreißig Bücher umfasst.

Kontaktieren Sie sie über ihre Website:
www.keiramontclair.net